Ahizpa Perbertitua

Ahizpa Perbertitua

Aldivan Torres

aldivan teixeira torres

CONTENTS

1. Ahizpa Perbertitua   1

1

Ahizpa Perbertitua

Aldivan Torres

Ahizpa Perbertitua

Egilea: *Aldivan Torres*
2020- Aldivan Torres
Eskubide guztiak erreserbatuta

Liburu honek, bere zati guztiak barne, egile eskubideak ditu eta ezin da egilearen baimenik gabe erreproduzitu, birsaldu edo transferitu.

Aldivan Torres, Igarlea, artista literarioa da. Hitz ematen du bere idazkiekin ikusleak atsegin hartzen eta plazeraren atseginetara eramaten. Sexua dagoen gauzarik onenetakoa da.

Dedikazioa eta esker ona

Serie erotiko hau sexuaren maitale guztiei ematen diet, eta ni bezala perbertitua Entzat. Buru ero guztien itxaropenak betetzea espero dut. Amelinha, Belinha eta bere lagunek istorioa egingo dutela uste dugu. Hitzaurre gehiagorik gabe, besarkada bero bat nire irakurleei.

Irakurketa trebatua eta dibertsio handia.

Maitasunez, egilea.

Aurkezpena

Amelinha eta Belinha Pernambuco barruan jaio eta hazitako bi ahizpa dira. Guraso nekazarien alabek hasieratik jakin zuten nola aurre egin landa-bizitzako zailtasun izugarriei, aurpegian irribarre eginez. Horrela, beren konkista pertsonalak lortu zituzten. Lehenengoa finantza publikoen kontrolatzailea da eta bestea, ez hain adimentsua, Arcoverde ko oinarrizko hezkuntzako udal-maisua da.

Profesionalki zoriontsuak izan arren, biek arazo kroniko larria dute harremanei dagokienez, inoiz ez baitute beren printze urdina aurkitu, emakume ororen ametsa dena. Zaharrena, Belinha, gizon batekin bizitzera etorri zen aldi baterako. Hala ere, bere bihotz txikian errepara ezinak ziren trauma batzuk sortu zituena saldua izan zen. Banandu egin behar izan zuen bere burua, eta bere buruari agindu zion ez zuela sekula

AHIZPA PERBERTITUA

berriro sufrituko gizon baten erruz. Amelinha, zoritxarrekoa, ezin gaitu arriskuan jarri. Nork ezkondu nahi du Amelinha? Ile marroidun, argal, altuera ertainekoa, ezti koloreko begiak, ipurdi ertaina, sandia bezalako bularrak ditu, irribarre lil-uragarri batez haraindiko bular zehaztua. *Inork ez daki zein den bere benetako arazoa, edo biak.*

Pertsonen arteko harremanari dagokionez, euren artean sekretuak partekatzetik gertu daude. Belinha lotsagabe batek saldu zuenez, Amelinha ahizparen oinazeak hartu eta gizonekin jolasteko prest agertu zen. Biak " ahizpa perbertitua " izenaz ezagutzen den bikote dinamiko bihurtu ziren. Hala eta guztiz ere, gizonei izugarri gustatzen zaie jostailuak izatea. Belinha eta Amelinha une batez ere maitatzea baino ezer hoberik ez dagoelako da hori. Elkarrekin ezagutuko al ditugu zure istorioak?

Ahizpa Perbertitua

Ahizpa Perbertitua

Dedikazioa eta esker ona

Aurkezpena

Gizon beltza

Sua

Mediku-kontsulta

Klase pribatua

Lehiaketa proba

Irakaslearen itzulera

Pailazo maniakoa

Tourra Pesqueira hirian

Gizon beltza

Amelinha eta Belinha, profesional handiak eta maitaleak, emakume eder eta aberatsak dira sare sozialetan. Sexua bera izateaz gain, lagunak ere egin nahi dituzte.

Behin, gizon bat txat birtualean sartu zen. Bere ezizenak "Gizon Beltza" zuen. Une hartan, laster dardara egin zuen, gizon beltzak maite zituelako. Kondairak dioenez, xarma ukaezina dute.

"Kaixo, eder hori! "Gizon beltz bedeinkatuari deitu zenion.

"Kaixo, ados? "Erantzun zuen Belinha.

"Dena bikaina. Gau ona izan dezazula!

"Gabon. Izugarri gustatzen zaizkit beltzak!

"Hau sakon egokitu zait orain! Baina, ba al horretarako arrazoi berezirik? Nola deitzen zara?

"Beno, arrazoia da nire arrebari eta niri gizonak gustatzen zaizkigula, baldin badakizu zertaz ari naizen. Izenari dagokionez, nahiz eta hau oso ingurune pribatua izan, ez dut ezer ezkutatzeko. Belinha dut izena. Pozten naiz zu ezagutzeaz.

"Plazera nirea da. Flavio dut izena, eta benetan atsegina naiz!

"Irmo sentitu nintzen haren hitzetan. Nire intuizioa zuzena dela esan nahi duzu?

"Ezin dut hori orain erantzun, horrek misterio guztiari amaiera emango liokeelako. Nola du izena zure arrebak?

"Bere izena Amelinha da.

"Amelinha! Izen ederra! Deskribapen fisikoa egin al dezakezu?

"Ilehoria naiz, altua, indartsua, ile luzea, ipurtalde handikoa, bular ertainak, eta gorputz eskultura la daukat. Eta zu?

"Kolore beltza, metro eta laurogei zentimetroko altuerakoa, indartsua, orbandua, beso eta zango lodiak, txukunak, ile kiskalduak eta aurpegi zehatzak.

"Ai! Ai! Entzudazu!

"Ez kezkatu horregatik. Nork ezagutzen nau, ez du inoiz ahazten?

"Erotu nahi al nauzu orain?

"Horregatik sentitzen dut, umea! Gure elkarrizketari xarma pixka bat gehitzeko besterik ez da.

"Zenbat urte dituzu?

"Hogeita bost urte eta zureak?

"Hogeita hemezortzi urte ditut eta nire arrebak hogeita hamalau. Adin-desberdintasuna gorabehera, oso hurbil gaude. Haurtzaroan, zailtasunak gainditzeko elkartu ginen. Nerabeak ginenean, gure ametsak partekatzen genituen. Eta orain, helduaroan, gure lorpenak eta frustrazioak partekatzen ditugu. Ezin naiz bera gabe bizi.

"Handia! Zure sentimendu hau izugarri ederra da. Biak ezagutzeko beharra sortzen ari naiz. Zu bezain bihurria al da?

"Modu eraginkorrean, bera da egiten duen gauzarik onena. Oso argia, ederra eta hezia. Nire abantaila da adimentsuagoa naizela.

"Baina ez dut arazorik ikusten honetan. Biak gustatzen zaizkit.

"Gustatzen al zaizu benetan? Badakizu, Amelinha emakume berezia da. Ez nire arreba delako, bihotz erraldoia duelako baizik. Pena pixka bat sentitzen dut beragatik, sekula ez baitu senargairik izan. Badakit bere ametsa ezkontzea dela. Altxamendu batean elkartu zitzaidan, nire lagunak traizionatu egin nituelako. Ordutik, harreman azkarrak baino ez ditugu bilatzen.

"Erabat ulertzen dut. Gaiztoa ere banaiz. Hala ere, ez dut arrazoi berezirik. Nire gaztaroaz bakarrik gozatu nahi dut. Jende handia dirudik.

"Eskerrik asko. Benetan Arcoverde hirikoa zara?

"Bai, zentrokoa naiz. Eta zu?

"San Kristo auzotik.

"Handia. Bakarrik bizi al zara?

"Bai. Autobus geltokitik gertu.

"Gaur gizon baten bisita jaso al dezakezu?

"Asko gustatuko litzaiguke. Baina biak erabili behar dituzu. Ondo?

"Ez kezkatu, maitea. Hiru ere erabil ditzaket.

"A, bai! Egia da!

"Han izango naiz. Azaldu al dezakezu kokapena?

"Bai. Plazer bat izango da.

"Badakit non dagoen. Hara nator!

Gizon beltza gelatik irten zen eta Belinha ere bai. Berak aprobetxatu eta sukaldera joan zen, eta han ezagutu zuen arreba. Amelinha afarirako plater zikinak garbitzen ari zen.

"Gabon, Amelinha. Ez duzu sinetsiko. Asma ezazu nor datorren.

"Ez dut ideiarik, arreba. Nor?

"Flavio. Txat birtualeko gelan ezagutu nuen. Bera izango da gure entretenimendua gaur.

"Nola ikusten da?

"Gizon Beltza da. Inoiz atxilotu al zintudan eta atsegina

izan zitekeela pentsatu zenuen? Gizagaixoak ez daki zer egin ahal dugun!

"Ahizpa da benetan! Bukatu dezagun.

"Bera eroriko da, nirekin! "Esan zuen Belinha.

"Ez! Nirekin izango da", erantzun zuen Amelinha.

"Gauza bat segurua da: gutako batekin eroriko da", amaitu zuen Belinha .

"Egia da! Zer moduz logelan dena prestatzen badugu?

"Ideia ona. Lagunduko dizut!

Bi panpin aseezinak gelara joan ziren, dena antolaturik utziz arraren etorrerarako. Bukatu bezain laster, kanpaia entzuten dute.

"Bera al da, arreba? "Galdetu zuen Amelinha.

"Elkarrekin ikusiko dugu! (Belinha)

"Goazen! Amelinha ados egon zen.

Pausoz pauso, bi emakumeak logelako atetik pasa ziren, jangelatik pasa eta gero egongelara iritsi ziren. Aterantz abiatu ziren. Irekitzen dutenean, Flavio irribarre xarmagarri eta gizonarekin egiten dute bat.

"Gabon! Oso ondo? Ni Flavio naiz.

"Gabon. Ez horregatik. Belinha naiz zurekin hitz egiten ari zena konputagailuan, eta nire ondoan dagoen neska gozo hau nire arreba da.

"Pozten naiz zu ezagutzeaz, Flavio! "Esan zuen Amelinha.

"Pozten naiz zu ezagutzeaz. Sartzerik ba al daukat?

"Jakina! "Bi emakumeek aldi berean erantzun zuten.

Berak gelarako sarbidea zeukan, dekorazioaren xehetasun guztiak ikusiz. Zer gertatzen ari zen buru horretan? Hunkituta zegoen emakume-espezimen horietako bakoitzarekin. Une baten ondoren, bi putaren begietara begiratu zuen, esanez:

"Prest al zaude egitera etorri naizenerako?

"Listo" esan zuten maitaleek!

Hirukotea indarrez gelditu zen eta bide luzea egin zuen etxeko gelarik handienera. Atea ixtean, ziur zeuden zerua infernura joango zela segundo gutxiren buruan. Dena perfektua izan zen: eskuoihalen antolaketa, jostailu sexualak, sabaiko telebistan erreproduzitzen den pelikula pornoa eta musika erromantiko dardartikoa. Ezerk ezin zion gau handi bateko plazera kendu.

Lehen pausoa ohe ondoan esertzea da. Gizon beltza arropak kentzen hasi zen bi emakumeei. Haren lizunkeria eta sexu-egarria hain zen handia, non antsietate pixka bat sortzen baitzuten dama gozo haiengan. Alkandora kentzen ari zen, gimnasioko eguneroko entrenamenduak ondo landutako erakutsiz. Zure batez besteko ileek hasperen egin dute eskualde honetan. Ondoren, galtzak kendu zituen, Box barruko arropa ikusteko aukera emanez, bere bolumena eta maskulinitatea erakutsiz. Une horretan, organoa jotzeko aukera eman zien, eta are gehiago ere egin zuten. Sekreturik gabe, barruko arropa bota zuen, Jainkoak eman zion guztia erakutsiz.

Hogeita bi zentimetroko luzera zuen, hamalau zentimetroko diametroa, erotzeko adinako diametroa. Denbora galdu gabe, gainera erori zitzaizkion. Aurretiazko jokoekin hasi ziren. Batek ahoan zakila irentsi bitartean, besteak eskrotoaren poltsak miazkatzen zituen. Operazio honetan, hiru minutu igaro dira. Sexurako erabat prest egoteko adina denbora.

Gero batean sartzen hasi zen, eta gero bestean, hobespenik

gabe. Transbordadorearen erritmoak intziriak, oihuak eta orgasmo anitzak eragin zituen ekitaldiaren ondoren. Hogeita hamar minutuko sexu baginala izan ziren. Bakoitzak denboraren erdia. Gero, ahozko eta ahozko sexuarekin amaitu zuten.

Sua

Gau hotz, ilun eta euritsua zen Pernambuco ko baso guztietako hiriburuan. Une batzuetan, aurreko haizeak 100 kilometro orduko abiadura hartu zuen Amelinha eta Belinha ahizpa gaixoak izutuz. Bi ahizpa perbertitua San Kristo auzoko egoitza xumeko gelan ezagutu zuten elkar. Zereginik gabe, gauza orokorrei buruz hitz egiten zuten alaiki.

"Amelinha, nola egon zinen zure eguna etxaldeko bulegoan?

"Betiko gauza bera: zerga- eta aduana-administrazioaren plangintza fiskala antolatu nuen, zergen ordainketa kudeatu nuen, zerga-ihesaren prebentzioan eta borrokan lan egin nuen. Lan zorrotza eta aspergarria da. Baina atsegingarria eta ongi ordaindua. Eta zu? Nolakoa zen zure errutina eskolan? "Galdetu zuen Amelinha.

"Ikasgelan, edukiak ikasleak ahalik eta ondoen gidatu nituen. Akatsak zuzendu nituen eta klasea enbarazu egiten ari ziren ikasleen bi telefono zelular hartu nituen. Jokabide, jarrera, dinamika eta aholku erabilgarriak ere eman nituen. Dena den, maistra izateaz gain, haren ama naiz. Horren erakusgarri da, tartean, ikasle klasean sartu nintzela eta, haiekin batera. Nire ustez, eskola gure bigarren etxea da, eta hartaz ditugun lagunak eta giza loturak zaindu behar ditugu", erantzun zuen Belinha .

"Brillante, nire ahizpa txikia. Gure lanak bikainak dira, pertsonen arteko elkarrekintza eta emozio eraikuntza garrantzitsuak ematen dituztelako. Inor ezin da isolatuta bizi, eta are gutxiago baliabide psikologiko eta finantzariorik gabe", azaldu zuen Amelinha.

"Ados nago. Lana funtsezkoa da guretzat, gure gizartean nagusi den inperio sexistatik independente egiten gaituelako", esan zuen Belinha.

"Halaxe da. Gure balio eta jarreretan jarraituko dugu. Gizona ohean bakarrik da ona", esan zuen Amelinha.

"Gizonez ari garela, zer pentsatu zenuen Christianez? "Galdetu zuen Belinha.

"Nire itxaropenen mailan egon zen. Esperientzia horren ondoren, nire senek eta nire gogamenak gehiago eskatzen dute beti barne-asegabetasuna sortuz. Zein da zure iritzia? "Galdetu zuen Amelinha.

"Ona izan zen, baina zu bezala ere sentitzen naiz: osatu gabe. Maitasunez eta sexuz lehortuta nago. Gero eta gehiago nahi dut. Zer dugu gaurko? "Esan zuen Belinha.

"Ideiarik gabe geratu naiz. Gaua hotza, iluna eta iluna da. Entzuten al duzu zarata kanpoan? Euri asko, haize biziak, tximista eta trumoiak. Beldur naiz! "Esan zuen Amelinha.

"Ni ere bai! "Belinha aitortu zuen.

Une honetan, tximista trumoia bat entzuten da Arcoverde osoan. Amelinha Belinha altzoan salto egiten du, oinazez eta etsipenez oihuka. Aldi berean, elektrizitatea falta da, eta horrek biak desesperatuta egiten ditu.

AHIZPA PERBERTITUA

"Eta orain zer? Zer egingo dugu Belinha? "Galdetu zuen Amelinha.

"Alde id azala, txakurra! Kandelak lortuko ditut! Belinha emeki bultzatu zuen arreba sofaren alde batera, hormak haztapeak ari zela sukaldera iristeko. Etxea txikia denez, ez da denbora askorik lan hau osatzeko. Ukimena erabiliz, kandelak armairuan hartu eta berogailuaren goialdean estrategikoko jarritako fosforoekin pizten ditu.

Kandela piztuta, lasai-lasai itzuliko da bere ahizparekin topo egiten duen gelara, aurpegian irribarre misteriotsu bat zuela. Zertan ari zen?

"Asaska zaitezke, arreba! Badakit zerbait pentsatzen ari zaren", esan zuen Belinha.

"Zer gertatzen da hiriko suhiltzaileen departamendura deitzen badugu sute baten berri emanez? -esan zuen Amelinha-.

"Utzidazu hau argitzen. Fikziozko su bat asmatu nahi al duzu gizon horiek erakartzeko? Zer gertatzen da atxilotuz gero? "Belinha beldur zen.

"Nire lankidea! Ziur nago sorpresa gustatuko zaiela. Zer hoberik egin behar dute horrelako gau ilun eta aspergarrian? "Esan zuen Amelinha.

"Arrazoi duzu. Dibertsioagatik eskertuko zaituzte. Barrutik kontsumitzen digun sua hautsiko dugu. Orain, galdera dator: Nork izango du deitzeko adorea? "Galdetu zuen Belinha.

"Oso lotsatia naiz. Lan hau zuri uzten dizut, ene arreba", esan zuen Amelinha.

"Beti ni. Ondo. Gertatzen dena gertatzen da Amelinha. "Amaitu zuen Belinha.

Sofatik jaikitzean, Belinha mahaira doa sakelakoa dagoen izkinan. Suhiltzaileen departamenduko larrialdi zenbakira deitu du, eta erantzun zain. Ukitu batzuen ondoren, ahots sakon eta irmo bat entzuten du, beste aldetik hitz egiten duena.

"Gabon. Hauxe da suhiltzaileen saila. Zer nahi duzu?

"Nire izena Belinha da. San Kristo auzoan bizi naiz, hemen, Arcoverde auzoan. Nire arreba eta biok etsita gaude euri guzti honekin. Elektrizitatea gure etxean joan zenean, zirkuitu labur bat egin zuen, objektuei su ematen hasiz. Zorionez, arreba eta biok irten egin ginen. Sua poliki-poliki etxea kontsumitzen ari da. Suhiltzaileen laguntza behar dugu", esan zuen neskatoak larrituta.

"Hartu lasai, adiskide. Laster izango gara han. Zure kokapenari buruzko informazio zehatza eman al dezakezu? "Txandako suhiltzaileak galdetu zuen.

"Nire etxea Zentrala Etorbidea-n, hirugarren etxea eskuinean. Ondo iruditzen al zaizu?

"Badakit non dagoen. Han izango gara minutu batzuetan. Lasai zaitez", esan zuen suhiltzaileak.

"Zain gaude. Eskerrik asko! "Eskerrik asko Belinha.

Sofara irribarre zabal batekin itzuliz, biek beren burukoak askatu eta egiten ari ziren dibertsioarekin hasperen egin zuten. Hala ere, hori ez da gomendatzen horrelako bi puta ez bada.

Hamar bat minutu geroago, atean kolpe bat entzun eta erantzun egin zuten. Atea ireki zutenean, hiru aurpegi magikori aurre egin zieten, bakoitza bere edertasun bereziarekin. Bat beltza zen, sei oin altu, hanka eta beso ertainak zituena. Beste bat iluna zen, metro bat eta laurogeita hamarreko altuerakoa, gihartsua eta eskultura. Hirugarren bat zuria zen, baxua, argala, baina oso zalea. Mutil zuriak aurkeztu nahi du:

"Kaixo, andrea, gabon! Nire izena Roberto da. Alboko gizon honek Mateo du izena eta gizon beltzaranak, Felipek. Zein dira zure izenak eta non sua?

"Belinha naiz, telefonoz hitz egin dut zurekin. Ile marroidun pertsona hau nire arreba Amelinha da. Sartu eta azalduko dizut.

"Ondo. Aldi berean, hiru suhiltzaileak hartu zituzten.

Boskotea etxean sartu zen, eta dena normala zen, elektrizitatea itzulia zelako. Nesken ondoan egongelako sofan esertzen dira. Susmagarriak, hizketan.

"Sua amaitu da, ezta? "Galdetu zuen Matthew.

"Bai. Ahalegin heroiko bati esker kontrolatzen dugu", azaldu du Amelinha.

"Lastima! Lan egin nahi izan dut. Han, kuartelean, errutina hain da monotonoa", esan zuen Felipek.

"Ideia bat daukat. Zer moduz modu atseginagoan lan egitea? "Belinha iradoki zuen.

"Esan nahi al duzu zu zarenik pentsatzen dudana? "Felipe zalantzan jarri zuen.

"Bai. Plazera maite dugun emakume ezkongabeak gara. Diberti mendurako gogorik ba al duzu? "Galdetu zuen Belinha.

"Orain joaten bazara bakarrik", erantzun zuen gizon beltzak.

"Ni ere barruan nago", baieztatu zuen Gizon Marroiak.

"Itxaron" Mutil zuria prest.

"Orduan, tira", esan zuten neskek.

Boskotea gelan sartu zen, ohe bikoitz bat partekatuz. Orduan hasi zen orgia sexuala. Belinha eta Amelinha txandakatu egin ziren hiru suhiltzaileen plazerari erantzuteko. Denak magikoa zirudien, eta ez zegoen haiekin egotea baino sentsazio hoberik. Hainbat dohainekin, sexu- eta posizio-aldaketak izan zituzten, irudi perfektua sortuz.

Neskek aseezinak ziruditen beren sexu-berotasunean, eta horrek erotu egiten zituen profesional horiek. Gaua sexua izaten pasatzen zuten, eta plazera ez zen inoiz bukatzen. Lanaren premiazko deia jaso zuten arte ez ziren joan. Uko egin zioten eta polizia-txostenari erantzun zioten. Hala ere, ez lukete inoiz ahaztuko " ahizpa perbertitua " ondoan esperientzia zoragarri hori.

Mediku-kontsulta

Barrualdeko hiriburu ederrean argitu zen. Normalean, bi ahizpa perbertitua goiz esnatzen ziren. Hala ere, jaiki zirenean, ez ziren ondo sentitu. Amelinha dominisitiku egiten jarraitzen zuen bitartean, bere arreba Belinha apur bat itota sentitu zen. Gertaera horiek gerra plaza Virginia etorri ziren bezperan, eta han edan zuten, ahoan musu eman eta gau lasaian arnastu zuten.

Ondo eta indarrik gabe sentitzen ez zirenez, sofan eseri ziren, erlijioz pentsatuz zer egin, konpromiso profesionalak konponduak izatea espero zutelako.

"Zer egingo dugu, arreba? Erabat arnasarik gabe eta agortuta nago", esan zuen Belinha.

"Esadazu horretaz! Buruko mina daukat eta birus bat kiskena hasten ari naiz. Galduta gaude!"Esan zuen Amelinha.

"Baina ez dut uste lana huts egiteko arrazoi denik! Jendea gure esku!"Esan zuen Belinha

"Lasai zaitez, ez sartu izutu! Zer moduz atseginarekin bat egiten badugu?"Amelinha iradoki zuen.

"Ez esan ni zer pentsatzen ari zaren..."Belinha harrituta zegoen.

"Hori zuzena da. Goazen elkarrekin medikuarengana! Lanari huts egiteko arrazoi handia izango da, eta nork daki ez dela gertatuko nahi duguna!"Esan zuen Amelinha

"Ideia handia! Orduan, zer espero dugu? Presta gaitezen!"Galdetu zuen Belinha.

"Goazen!"Amelinha ados egon zen.

Biak euren esparruetara joan ziren. Hain zeuden pozik erabakiarekin; Ez ziruditen gaixorik ere. Bere asmakizuna bakarrik izan al zen? Barkaidazu, irakurle, ez dezagun gaizki pentsatu gure adiskide maiteez. Aldiz, beren bizitzetako atal berri eta hunkigarri honetan lagunduko diegu.

Logelan, suiteetan bainatu, arropa eta zapata berriak jantzi, luze orraztu, perfume frantses bat jantzi eta gero sukaldera joan ziren. Han, arrautzak eta gazta apurtu zituzten, bi ogi barra bete eta zuku hotz batekin jan zuten. Dena oso zoragarria zen. Hala ere, ez zirudien sentitzen zutenik, medikuarekiko hitzorduaren aurrean antsietatea eta urduritasuna erraldoiak zirelako.

Dena prest, sukaldetik irten ziren etxetik irteteko. Ematen zuten urrats bakoitzarekin, bihotz txikiak emozioz taupadaka ari ziren, esperientzia guztiz berri batean pentsatuz.

Bedeinkatua izan di zaitezte denak! Baikortasunak hartu zituen, eta beste batzuengatik jarraitu beharreko zerbait izan zen!

Etxearen kanpoaldean, garajera doaz. Atea bi saiakeratan zabalduz, auto gorri apalaren aurrean geldiarazten dira. Autoetan gustu ona izan arren, popularrek klasikoak baino nahiago izan zuten, Brasilgo eskualde guztietan dagoen indarkeria komunaren beldur.

Atzerapenik gabe, neskak autoan sartzen dira, poliki-poliki irteteko, eta gero haietako batek garajea ixten du, handik gutxira autora itzuliz. Nork gidatzen du Amelinha, hamar urte eskarmentuarekin? Berak ezin du oraindik gidatu.

Etxearen eta ospitalearen arteko ibilbide laburra segurtasunez, harmoniaz eta lasaitasunez egiten da. Une horretan, edozer gauza egin zezaketen sentsazio faltsua izan zuten. Kontraesanez, beldur ziren beren maltzurkeria eta libertatearen beldur. Beraiek ere harritu egin ziren hartutako neurriekin. Ez zen, batere, sasikume onak deitu zitzaienik!

Ospitalera iritsi zirenean, hitzordua programatu zuten eta deitu arte itxaron zuten. Denbora tarte horretan, askari bat egiteko aprobetxatu zuten, eta mezuak trukatu zituzten aplikazio mugikorraren bidez, sexu-zerbitzari kutsuekin. Hauek baino ziniko eta alaiago, ezinezkoa zen!

Denbora baten ondoren, ikusiak izateko txanda da. Bereizte zinak, arreta-bulegoan sartzen dira. Hori gertatzen denean, medikuak ia-ia bihotzaren kontrako erasoa izaten du. Haien aurrean gizon-pieza bitxi bat zegoen: ile horiko pertsona altu bat, metro bat eta laurogeita hamar zentimetroko altuerakoa, bizarduna, ilea zaldi-isats bat, besoak eta bular gihartsuak, aurpegi naturalak aingeru-begirada batekin. Erreakzio bat idatzi baino lehen ere, gonbita egiten du:

"Eseri, biak!

"Eskerrik asko! "Bi gauza horiek esan zituzten.

Biek dute denbora inguruaren azterketa azkarra egiteko: zerbitzu-mahaiaren aurrean, medikua, eserita zegoen aulkia eta armairu baten atzean. Eskuinaldean, ohe bat. Horman, Cândido Portinari egilearen pintura espresionistak, landa-gizona irudikatzen dutenak. Giroa oso atsegina da neskak gustura utzita. Erlaxazio-giroa kontsultaren alderdi formalagatik hausten da.

"Esadazu zer sentitzen duten, neskak!

Hori informala zen neskentzat. Zeinen gozoa zen gizon ilehori hori! Zoragarria izan behar zuen jateko.

"Buruko mina, ondoezik eta birusa! "Esan zion Amelinha.

"Arnasarik eta nekatuta nago! "Esan zuen Belinha.

"Ondo da! Utzidazu begiratzen! Ohera zaitez! "Doktoreak galdetu zuen.

Putak ia ez ziren arnasa hartzen eskaera horren aurrean. Profesionalak arroparen zati bat kendu zien, eta hainbat lekutan sentitu zuen hotzikara eta irensle hotzak eragin ziena. Haiekin ezer seriorik ez zegoela ohartu zenean, laguntzaileak txantxetan esan zuen:

"Dena perfektua da! Zertaz nahi duzu beldur izatea? Injekzio bat?

"Izugarri gustatzen zait! Injekzio handi eta lodia bada, are hobeto! "Esan zuen Belinha.

"Astiro aplikatuko al duzu, maitea? "Esan zuen Amelinha.

"Gehiegi eskatzen ari zara! "Klinikoa seinalatu zuen.

Atea kontu handiz itxiz, nesken gainera erortzen da, animalia basati bat bezala. Lehenik eta behin, gainerako arropa kendu gorputzetatik. Horrek are gehiago zorrozten du bere libidoa. Erabat biluzik dagoenez, une batez miresten ditu izaki eskultoriko horiek. Gero, bere txanda da. Arropa kentzen dutela ziurtatzen da. Horrek taldearen arteko interakzioa eta intimitatea areagotzen ditu.

Dena azkar, sexuaren atarikoak hasten dira. Hizkuntza anoa, belarria eta anoa bezalako atal sentigarrietan erabiltzeak plazer-orgasmoa eragiten du bi emakumeengan. Dena ondo zihoan, baita norbaitek atea jotzen jarraitzen zuenean ere. Ez irtenbiderik, erantzun behar du. Zoaz pixka bat eta ireki atea. Hori egitean, guardiako erizainarekin egiten du topo: pertsona bi lasterketa, hanka meheak eta oso baxuak dituena.

"Doktore, gaixo baten sendagaiari buruzko galdera bat daukat: Bostehun miligramo aspirina al dira? "Galdetu zuen Robertok errezeta bat erakutsiz.

"Bostehun! "Alexek baieztatu egin zuen.

Une hartan, erizainak neska biluzien oinak ikusi zituen ezkutatzen saiatzen. Barre egin zuen barrutik.

"Txantxetan pixka bat, ¿ehe, doktore? Zure lagunei ere ez deitu!

"Barkatu! Taldearekin bat egin nahi al duzu?

"Poztuko nintzateke!

"Orduan, zatoz!

Biak sartu ziren gelara, atea haien atzean itxiz. Azkar baino gehiago, bi lasterketak arropak erantzi zituen. Biluzik, bere masta luze, lodi eta zaina erakutsi zuen garaikurra bezala. Belinha oso pozik zegoen, eta laster ari zitzaion ahozko sexua ematen. Alexek ere Amelinha berarekin gauza bera egitea eskatu zuen. Ahozkoaren ondoren, anala hasi zen. Alde horretan, Belinha oso zaila gertatu zitzaion erizainaren zakar ikaragarria hartuz. Baina zuloan sartu zenean, bere plazera izugarria izan zen. Bestalde, ez zuten inolako zailtasunik sentitu, zakila normala zelako.

Gero, baginako sexua izan zuten hainbat posiziotan. Barrunbean joan-etorriko mugimenduak haluzinazioak eragin zituen haluzinazioetan. Etapa honen ondoren, laurak taldesexu batean batu ziren. Gainerako energiak gastatu ziren esperientziarik onena izan zen. Hamabost minutu geroago, biak nekatuta zeuden. Ahizpentzat, sexua ez zen inoiz amaituko, baina gizon horien hauskortasuna errespetatzen zen bezala. Bere lana oztopatu nahi ez badu ere, lana justifikatzeko ziurtagiria eta telefono pertsonala eramateari uzten dio. Ospitalearen bidegurutzean inoren arreta piztu gabe atera ziren.

Aparkalekura iristean, autoan sartu eta itzultzeko bideari ekin zioten. Zorionak, dauden bezala, beren hurrengo sexubihurrikerian pentsatzen ari ziren. Ahizpa gaiztoak benetan zerbait ziren!

Klase pribatua

Arratsalde bat izan zen, beste edozein bezalakoa. Lanetik iritsi berritan, ahizpa perbertitua etxeko lanak egiten ari ziren. Lan guztiak amaitu ondoren, gelan elkartu ziren atseden pixka bat hartzeko. Amelinha liburu bat irakurtzen zuen bitartean, Belinha Internet mugikorra erabiltzen zuen bere webgune gogokoenetan nabigatzeko.

Uneren batean, bigarrenak ozenki oihu egiten du gelan, eta horrek ahizpa izutzen du.

"Zer da, neska? Erotuta zaude? "Galdetu zuen Amelinha.

"Lehiaketaren webgunera sartu berri naiz, sorpresa atsegina izanda", adierazi du Belinha.

"Esadazu gehiago!

"Auzitegi federalaren izen-emateak zabalik daude. Egingo al dugu?

"Dei ederra, ene arreba! Zein da soldata?

"Hasierako hamar mila dolar baino gehiago.

"Ederki! Nire lana hobea da. Hala ere, lehiaketa egingo dut, beste ekitaldi batzuk bilatzeko prestatzen ari naizelako. Esperimentu bat bezala balioko du.

"Oso ondo egiten duzu! Animatzen nauzu. Orain, ez dakit nondik hasi. Aholkurik eman al diezadakezu?

"Ikasturte birtual bat erosi, galdera asko egin proba guneetan, egin eta berregi tu aurreko probak, idatzi laburpenak, ikusi aholkuak eta Interneten material onak deskargatu, besteak beste.

"Eskerrik asko! Aholku horiei guztiei jarraituko arrebak! Baina zerbait gehiago behar dut. Begira, arreba, dirua daukagunez gero, zer moduz ikasgai pribatu bat ordaintzen badugu?

"Ez nuen horretan pentsatu. Ideia berritzailea da! Ba al duzu iradokizunik pertsona trebatu batentzat?

"Irakasle trebatu bat daukat hemen Arcoverde-n nire telefono-harremanetan. Begira bere argazkiari!

Belinha bere telefono zelularra eman zion arrebari. Haurraren argazkia ikustean, txukun-txukun zegoen. Ederra izateaz gain, azkarra zen! Bikotearen biktima perfektua izango litzateke, erabilgarria atseginari lotuz.

"Zeren zain gaude? Emaiozu, arreba! Laster ikasi behar dugu. "Esan zuen Amelinha.

"Baduzu! "Belinha onartu egin zuen.

Sofatik jaiki zenean, telefonoaren zenbakiak markatzen hasi zen zenbakizko teklatuan. Deia egiten denean, minutu batzuk baino ez ditu hartuko erantzuna jasotzeko.

"Kaixo. Ondo zaude?

"Dena bikaina da, Renato.

"Aginduak bidaltzen ditu.

"Interneten nabigatzen ari nintzen, eskualdeko gorte federalaren lehiarako eskaerak irekita daudela jakin nuenean. Berehala izendatu nuen neure burua maisu errespetagarri gisa. Gogoan al duzu eskola-denboraldia?

"Ondo gogoratzen dut une hori. Garai onak itzultzen ez direnak!

"Hala da! Ba al duzu denborarik klase pribatu bat emateko?

"Hau elkarrizketa, neska gazte hori! Zuretzat beti izaten dut denbora! Zein data finkatu dugu?

"Bihar 2: 00etan egin al dezakegu? Hasi egin behar dugu!

"Jakina baietz! Nire laguntzarekin, apalki esaten dut pasatzeko aukerak izugarri handitzen direla.

"Ziur nago horretaz!

"A zer ona! 2: 00etan itxaron dezakezu.

"Eskerrik asko! Bihar arte!

"Gero arte!

Belinha telefonoa eskegi eta irribarre egin zion lagunari. Erantzunaren susmoa harturik, Amelinha galdetu zuen:

"Nola joan zinen?
"Berak onartu egin zuen. Bihar 2: 00etan hemen izango da.
"A zer ona! Nerbioak hiltzen ari zaizkit!
"Hartu lasai, arreba! Ondo egongo da.
"Amen!
"Afaria prestatzen al dugu? Gose naiz!
"Ondo gogoratua!

Bikotea egongelatik sukaldera pasa zen, eta bertan, giro atseginean, hitz egiten zuten, jolasten zuten, sukaldean, besteak beste. Oinazeak eta bakardadeak elkarturiko ahizpen irudi aleak ziren. Sexuan sasikumeak izateak are gehiago kalifikatzen zituen. Zuek guztiok dakizuenez, emakume brasildarrak odol beroa du.

Handik gutxira, mahai inguruan adiskidetzen ari ziren, bizitza eta gorabeherak pentsatzen.

" Oilasko krema zoragarri hau jaten, gizon beltza eta suhiltzaileak gogoratzen ditut! Inoiz gertatzen ez diren uneak! "Esan zuen Belinha!

"Esadazu horretaz! Tipo horiek zoragarriak dira! Erizaina eta medikua aipatu gabe! Ni ere poztu egin nintzen! "Amelinha gogoratu nuen!

"Egia da, ene arreba! Masta eder bat edukitzea edozein gizon atsegin bihurtzen da! Feministek barka nazazu!

"Ez dugu hain erradikalak izan behar...

Biek barre egiten dute eta mahai gainean janaria jaten jarraitzen dute. Une batez, ez zen batere axola. Bakarrik zeuden munduan, eta horrek edertasunaren eta maitasunaren Jainkosatzat jotzen zituen. Garrantzitsuena ondo sentitzea eta autoestimua izatea delako.

AHIZPA PERBERTITUA

Beren buruarengan konfiantza dutela, familia-erritualean jarraitzen dute. Etapa honen amaieran, Interneten nabigatzen dute, egongelan musika entzuten dute, telenobelak ikusten dituzte eta, geroago, pelikula porno bat. Presa horrek arnasarik gabe eta nekaturik uzten ditu, eta beren geletara atseden hartzera behartzen ditu. Biharamunean irrikaz zeuden zain.

Lo sakon batean erori baino lehen ez da denbora asko igaroko. Amesgaiztoez gain, gaua eta egunsentia maila arruntean gertatzen dira. Egunsentia heldu bezain laster, jaiki eta ohiko errutinari jarraitzen hasten dira: bainatzea, gosaltzea, lan egitea, etxera itzultzea, bainatzea, bazkaltzea, lo egitea eta bisita programatuaren zain dagoen gelara joatea.

Atea jotzen entzuten dutenean, Belinha jaiki eta erantzun egingo du. Hori egitean, maisu irribarretsuarekin egiten du topo. Horrek barne-poza eman zion.

"Ongi etorri berriro, adiskidea! Irakasteko prest?

"Bai, oso azkarra! Eskerrik asko aukera honengatik!" Esan zuen Renato.

"Sar gaitezen!" Esan zuen Belinha.

Haurrak ez zuen bi aldiz pentsatu, eta neskatoaren eskaera onartu zuen. Amelinha agurtu zuen eta, haren seinalean, sofan eseri zen. Bere lehen jarrera blusa beltza puntutik kentzea izan zen, beroegi egiten zuelako. Horrela, bere koraza ondo landua gimnasioan utzi zuen, izerdia tantaka eta azal iluneko argia. Xehetasun horiek guztiak afrodisiako naturalak ziren bi" perbertitua" horientzat.

Ezer gertatzen ez zela itxurak eginez, hiruren arteko elkarrizketa hasi zen.

"Klase on bat prestatu al zuen, irakasle? "Galdetu zuen Amelinha.

"Bai! Has gaitezen zein artikulurekin? "Galdetu zuen Renato.

"Ez dakit... -esan zuen Amelinha-.

"Zer moduz, lehenengo dibertitzen bagaituzu? Alkandora kendu zenionean, busti egin nintzen! "Aitortu zuen Belinha.

"Nik ere bai", esan zuen Amelinha.

"Zuek biok benetan erokeria sexualak zarete! Ez al dut hori maite? "Maisuak esan zuen.

Erantzunik espero gabe, bere urdinak kendu zituen, bere izterreko giharrak, eguzkitako betaurrekoak bere begi urdinak erakutsiz eta, azkenik, barruko arropa erakutsiz, zakila luze, erdi lodi eta buru triangeluarra erakutsiz. Nahikoa izan zen puta txikiak gainera erortzeko eta gorputz gizon eta alai horretaz gozatzen hasteko. Bere laguntzarekin, arropak kendu eta sexuaren atarikoak hasi ziren.

Laburbilduz, sexu-topaketa zoragarria izan zen, non gauza berri asko esperimentatu zituzten. Berrogei minutuko sexu basatia izan zen, harmonia oso-osoan. Une honetan, emozioa hain zen handia, non denboraz eta espazioz ere ez ziren konturatu. Beraz, amaigabeak ziren Jainkoaren maitasunaren bidez.

Estasia iritsi zenean, sofan atseden pixka bat hartu zuten. Gero, lehiak kargatutako diziplinak aztertu zituzten. Ikasle gisa, biak zerbitzu koiak, adimentsuak eta diziplina tuak ziren, eta maisuak nabaritu zuen hori. Ziur nago onespenerako bidean zeudela.

Hiru ordu geroago, ikasketa-bilera berriak egiteari utzi zioten. Bizitzan zoriontsu, ahizpa perbertitua beren beste eginbeharrez arduratzera joan ziren, beren hurrengo abenturetan pentsatuz. Hirian" Aseezinak " bezala ezagutzen ziren.

Lehiaketa proba

Denbora bat igaro da. Bi hilabetez, ahizpa galduak lehiaketan aritu ziren, denboraren arabera. Egunero-egunero, prestatuago zeuden joan eta zetorrenerako. Aldi berean, sexu-bilerak izan ziren eta, une honetan, askatu egin ziren.

Probaren eguna iritsiak zen azkenean. Goiz atera ziren barrutik hiriburutik, eta bi ahizpak BR 232 errepidetik ibiltzen hasi ziren, 250 km-ko ibilbidearekin. Bidean, estatuko barnealdeko puntu nagusietatik igaro ziren: Pesqueira, Lorategi ederra, Saint Cajetan, Caruaru, Gravatá, Txahalak eta santuaren garaipena Antao. Hiri horietako bakoitzak istorio bat zuen kontatzeko, eta, bere esperientziaren arabera, erabat xurgatu zuten. Zein ona izan zen mendiak, Baso atlantikoa, Brasilgo sabana, etxaldeak, etxaldeak, herriak, herri txikiak eta basoetatik datorren aire garbia edatea. Pernambuco egoera zoragarria zen!

Hiriburuko hiri-perimetroan sartuz, Bidaiaren errealizazio ona ospatzen dute. Hartu etorbide nagusia, proba egingo zuten auzoetako bidaia onera arte. Bidean, auto-pilaketa, arrotzen axolagabetasuna, aire kutsatua eta orientazio falta daude aurrez aurre. Baina azkenean lortu zuten. Dagokion eraikinera sartu, identifikatu eta bi aldi iraungo lukeen proba hasten dute. Probaren lehen zatian, aukera anitzeko galderen erronkara bideratuta daude. Beno, ekitaldiaren ardura duen bankuak egin zuen, eta bien artean lan ezberdinak bultzatu zituen. Bere ustez, ondo egiten ari ziren. Atsedena hartu zutenean, bazkaltzera eta zuku bat hartzera atera ziren eraikinaren aurreko jatetxe batean. Une horiek garrantzitsuak izan ziren beren konfiantza, harremana eta adiskidetasuna mantentzeko.

Horren ondoren, proba-lekura itzuli ziren. Gero, ekitaldiaren bigarren aldia hasi zen beste diziplina batzuekin zerikusia duten gaiekin. Erritmo bera mantendu gabe ere, oraindik oso nabariak ziren haien erantzunetan. Horrela, lehiaketak onartzeko modurik onena ikasketei asko eskaintzea dela erakutsi zuten. Handik denbora batera, konfiantzaz bukatu zuten parte-hartzea. Probak entregatu zituzten, autora itzuli ziren, ondoan zegoen hondartzarantz abiatuz.

Bidean, jo, soinua piztu, lasterketa komentatu eta Recifeko kaleetatik aurrera egin zuten, hiriburuko kale argiztatuei begira, gaua zelako. Harritu egiten dira ikusitako ikuskizunarekin. Ez da harritzekoa hiria" tropikoen kapitala" bezala ezaguna izatea. Eguzkia sartzeak itxura are bikainagoa ematen dio inguruari. Zein atsegina den une hartan han egotea!

Puntu berrira iritsi zirenean, itsas bazterretara hurbildu ziren, eta gero ur hotz eta lasaietara oldartu ziren. Eragindako sentimendua Poztasunaren, gogobetetasunaren, gogobetetasunaren eta bakearen estasia da. Denboraren nozioa galduz, igeri egiten dute nekatu arte. Horren ondoren, izarren argitan oheratzen dira hondartzan, inolako beldurrik edo kezkarik gabe. Magiak distiraz hartu zituen. Kasu honetan erabili zen hitz bat "Neurtezina" izan zen.

Uneren batean, hondartza ia hutsik dagoela, nesketako bi gizonen hurbilketa. Zutik jartzen eta arriskuaren aurrean korrika egiten saiatzen dira. Baina umeen beso indartsuek atxilotu egiten dituzte.

"Hartu lasai, neskak! Ez dizugu minik egingo! Arreta eta maitasun pixka bat besterik ez dugu eskatzen!" Haietako batek hitz egin zuen.

Tonu leunaren aurrean, neskek barre egin zuten, hunkiturik. Sexua nahi bazuten, zergatik ez zituzten ase? Arte honetan adituak ziren. Bere itxaropenei erantzunez, zutitu eta arropak kentzen lagundu zieten. Bi kondoi eman eta strip-tease bat egin zuten. Nahikoa izan zen bi gizon horiek erotzeko.

Lurrera erortzean, bikoteka maite zuten beren burua, eta haien mugimenduek lurra dardararazten zuten. Bien sexualdaketa eta desio guztiak baimendu ziren. Puntu horretan, ez zitzaien batere axola, ezta inor ere. Haientzat bakarrik zeuden unibertsoan, aurreiritzirik gabeko maitasun-erritual handi batean. Sexuan, inoiz ikusi gabeko boterea sortzen zuten. Tresnak bezala, bizitzaren jarraipenen ezinbesteko indar handiago baten parte ziren.

Akidurak bakarrik behartzen ditu gelditzera. Erabat pozik, gizonek uko egin eta alde egin zuten. Neskek kotxera itzultzea erabakitzen dute. Etxera itzultzeko bidaiari ekingo diote. Beno, euren esperientziak eraman zituzten eta parte hartu zuten lehiaketari buruzko albiste onak espero zituzten. Munduko zorterik onena merezi zuten, noski.

Hiru ordu geroago, bakean iritsi ziren etxera. Eskerrak ematen dizkiote Jainkoari lotara joatean emandako bedeinkapenengatik. Lehengo egunean, emozio gehiagoren zain zegoen bi eroentzat.

Irakaslearen itzulera

Egunsentia. Eguzkia goiz irteten da bere izpiekin leihoko arrakaletatik pasatuz, gure haur maiteen aurpegiak laztantzera joanez. Gainera, goizeko brisa finak aldartea sortzen lagundu zuen. Zein polita izan zen beste egun bateko aukera Aitaren bedeinkapenarekin. Poliki-poliki, biak beren oheetatik jaikitzen dira aldi berean. Bainugela egin ondoren, elkarrekin gosaria prestatzen duten errezelean egiten dute bilera. Poztasun, aurrerapen eta dibertimendu une bat da, une izugarri fantastikoetan esperientziak partekatuz.

Gosaria prest dagoenean, mahaiaren inguruan biltzen dira, zutaberako bizkarraldea duten egurrezko aulkietan eroso eserita. Jaten duten bitartean, barne-esperientziak trukatzen dituzte.

Belinha

Nire arreba, zer izan zen hori?

Amelinha

Emozio hutsa! Oraindik gogoan ditut ipurdia maite horien gorputzen xehetasun guztiak!

Belinha

Ni ere! Atsegin handia sentitu nuen. Ia ez zen sentsoriali.

Amelinha

Badakit! Egin ditzagun erokeria hauek sarriago!

Belinha

Ados!

Amelinha

Gustatu al zaizu proba?

Belinha

Izugarri gustatu zitzaidan. Nire errendimendua egiaztatzeagatik hiltzen naiz!

Amelinha

Ni ere!

Elikatu bezain laster, neskatoek telefono zelularrak altxatu zituzten Internet mugikorrean sartuz. Antolatzaileen orrialdean nabigatu zuten probaren iruzkinak egiaztatzeko. Paper batean idatzi zuten eta gelara joan ziren erantzunak egiaztatzera.

Barruan, pozez salto egin zuten nota ona ikusi zutenean. Pasatuak ziren! Emozio sentitua ezin zen une hartan eutsi. Asko ospatu ondoren, ideiarik onena du: Renato Maisua gonbidatzea misioaren arrakasta ospatzeko. Belinha misioaren ardurapean berriro. Telefonoa jaso eta deitu egiten du.

Belinha

Kaixo?

Renato

Kaixo, ondo al zaude? Zer moduz zaude, Bele gozoa?

Belinha

Oso ondo! Asma ezazu zer gertatu berri den.

Renato

Ez esan zuk...

Belinha

Bai! Lehiaketa pasa dezagun!

Renato

Nire zorionak! Ez al nizun esan?

Belinha

Asko eskertu nahi diet zentzu guztietan egindako lankidetza. Ulertzen didazu, ezta?

Renato
Ulertzen dut. Zerbait ezarri behar dugu. Hobe sanez bere etxean.
Belinha
Hori da, hain zuzen ere, deitu nion arrazoia. Gaur egin al dezakegu?
Renato
Bai! Gaur gauean egin dezaket.
Belinha
Zoragarria. Zure zain gaude orduan gaueko zortzietan.
Renato
Ondo. Nire anaia ekar al dezaket?
Belinha
Argi!
Renato
Gero arte!
Belinha
Gero arte!
Konexioa amaitzen da. Ahizpari begira, Belinha zorionalkari bat egiten uzten du. Bitxia, beste galdera:
Amelinha
Eta zer? bera dator?
Belinha
Ondo da! Gaur gaueko zortzietan elkartuko gara. Bera eta anaia etorriko dira! Pentsatu al duzu orgian?
Amelinha
Esan iezadazu niri! Emozioz taupaka ari naiz!
Belinha
Bihotza egon dadila! Funtzionatzea espero dut!

Amelinha
"Denak funtzionatu du!

Bi barreek aldi berean giroa bibrazio positiboz betetzen dute. Une hartan, ez zuen zalantzarik patua bikote eroko horrentzako gau bateko dibertimendu-gau baterako konspiratzeen ari zela. Hainbeste etapa lortuak zituzten elkarrekin, non orain ez baitziren ahulduko. Beraz, gizonak sexu-jolas gisa idolatratzat jarraitu behar dute, eta gero baztertu. Hori zen arrazak bere sufrimenduagatik ordaintzeko egin zezakeen gutxiena. Izan ere, emakume batek ere ez du sufritzea merezi. Edo, hobe sanez, emakume bakoitzak ez du minik merezi.

Lanean hasteko garaia da. Gela prest utzita, bi ahizpak beren auto pribatuan irteten diren garajera joaten dira. Amelinha Belinha eskolara eramaten du aurrena, eta gero etxaldeko bulegora joaten da. Bertan, poz handia hartzen du eta albiste profesionalak kontatzen ditu. Lehia onartzeagatik, guztien zorionak jasotzen ditu. Gauza bera gertatzen zaio Belinha.

Geroago, etxera itzuli eta berriro aurkitzen dira. Gero, bere lankideei harrera egiteko prestakuntza hasten da. Egunak are bereziagoa izango zela agintzen zuen.

Programatutako orduan, atea jotzen entzuten dute. Belinha, haien artean argiena, jaiki eta erantzun egiten du. Pauso sendo eta seguruekin, atean jarri eta poliki-poliki irekitzen du. Operazio hau amaitzean, anai-arreba bikotea ikusten du. Anfitrioiaren seinale batekin, egongelako sofan sartu eta eseri egiten dira.

Renato
Hau da nire anaia. Bere izena Ricardo da.

Belinha
Pozten naiz zu ezagutzeaz, Ricardo.
Amelinha
Ongi etorria zara hemen!
Ricardo
Eskerrak ematen dizkiet biei. Atsegina nirea da!
Renato
Prest nago ! Gelara joan al gaitezke?
Belinha
Goazen!
Amelinha
Nork lortzen du orain nor?
Renato
Nik neuk aukeratzen dut Belinha.
Belinha
Eskerrik asko, Renato, eskerrik asko! Elkarrekin gaude!
Ricardo
Poz-pozik egongo naiz Amelinha geratzeaz!
Amelinha
Dardarka egingo duk!
Ricardo
Ikusiko dugu!
Belinha
Orduan hasi da festa!

Gizonek emeki-emeki jarri zituzten emakumeak besoan, haietako baten logelan zeuden oheetaraino eramanez. Bertara iristean, arropak kendu eta altzari ederrean erortzen dira, maitasunaren errituari hasiera emanez hainbat posiziotan, laztanak eta konplizitatea trukatzen dituzte. Emozioa eta plazera hain ziren handiak, non sortutako intziriak kalearen beste aldean entzuten baitziren auzokoak eskandalizatzen. Esan nahi dut, ez hainbeste, bazekitelako beren ospeaz.

Goitik aurrera, maitaleak sukaldera itzultzen dira, eta han zukua gailetekin edaten dute. Jaten duten bitartean, bi orduz hitz egiten dute, taldearen interakzioa areagotuz. Zein ona izan zen han bizitza ikasten egotea eta zoriontsu izatea. Poztasuna da zurekin eta munduarekin ongi egotea, bere esperientziak eta balioak besteen aurrean baieztatzen, besteek epaitu ezin izatearen ziurtasuna eramanez. Beraz, uste zuten gauzarik handiena "Bakoitzak bere pertsona da".

Gauak aurrera egin ahala, azkenean agur esan dute. Bisitariek" Pirinio maiteak" are euforikoagoak uzten dituzte egoera berrietan pentsatzean. Mundua jira-biraka ari zen bi isil-mandatarien aldera. Zorte ona izan dezatela!

Pailazo maniakoa

Igandean iritsi zen eta berarekin albiste asko izan ziren hirian. Horien artean, Brasil osoan ezaguna den " izarra " izeneko zirku baten etorrera. Hori da inguruan hitz egiten dugun guztia. Bitxia bada ere, bi ahizpek gaur gauean programatutako ikuskizunaren irekierara joateko programatu zuten.

Ordutegitik gertu, biak prest zeuden afari berezi baten ondoren irteteko, ezkongabea ospatzeko. Galarako jantzita, biak batera desfilatu ziren, eta handik irten eta garajera sartu ziren. Autoan sartzean, haietako batekin garajea jaitsi eta itxi egiten dute. Itzulerarekin batera, bidaia arazorik gabe berrabiaraz daiteke.

Saint Christopher barrutitik irten eta Boa Vista barrutira joan, hiriaren beste muturrean, barnealdeko hiriburura, laurogei mila biztanle ingururekin. Etorbide lasaietan zehar dabiltzan bitartean, harritu egiten dira arkitekturarekin, Gabonetako dekorazioarekin, jendearen espirituekin, elizekin, hitz egiten zuten mendiekin, konplizitatean trukatutako hitz-joko usaintsuekin, rock zaratatsuaren soinuarekin, frantses lurrinarekin, politikari, negozioei, gizarteari, jaiei, ipar-ekialdeko kulturari eta sekretuei buruzko elkarrizketekin. Hala ere, erabat erlaxaturik zeuden, irrikaz, urduri eta kontzentratuta.

Bidean, berehala, euri-jasa txiki bat erortzen da. Aurreikuspenen kontra, neskatoek ibilgailuko leihoak irekitzen dituzte, ur tanta txikiak aurpegiak argizta jarriz. Keinu honek bere sinpletasuna eta benetakotasuna erakusten ditu, benetako txapeldun astralak. Hori da pertsonentzako aukerarik onena. Zein da iraganeko porrotak, kezka eta mina ezabatzeko puntua? Ez zituzten inora eramango. Horregatik, pozik zeuden beren hauteskundeen bidez. Munduak epaitzen bazizkien ere, ez zitzaien axola, beren patuaren jabe zirelako. Urtebetetze zoriontsua haientzat!

Hamar bat minutura, zirkuari erantsitako aparkalekuan daude jada. Kotxea itxi eta inguruko barruko patiorantz metro batzuk aurrera doaz. Goiz iristeko, lehen harmailetan esertzen dira. Ikuskizunaren zain zauden bitartean, arto makilatxoak, garagardoa, kaka eta hitz isilen jolasak erosten dituzte. Ez zegoen zirkuan egotea baino gauza hoberik!

Berrogei minutu geroago, ikuskizuna hasten da. Erakarpenen artean, pailazo txantxetan, akrobatak, trapezistak, kontorsionistak, heriotzaren globoa, magoak, malabaristak eta musika ikuskizun bat daude. Hiru orduz, une magikoak, dibertigarriak, distraituak, jolastu, maitemindu, azkenean bizi dira. Ikuskizuna hautsita, kamerinora joan eta pailazoetako bat agurtu egingo dute. Inoiz gertatu ez balitz bezala animatu zituen.

Eszenatokian, lerro bat lortu behar duzu. Kasualitatez, azkenak dira aldagelan sartzen. Han, pailazo desfiguratu bat aurkitzen dute, eszenatokitik urrun.

"Hona etorri gara, ikuskizun handiagatik zorionak emateko. Jainkoaren opari bat horretan! Belinha begiratu zion.

"Zure hitzek eta keinuek nire izpiritua astindu dute. Ez dakit, baina tristura nabaritu nuen zure begietan. Zuzen al nago?

"Eskerrik asko biei hitzengatik. Zein dira zure izenak? Pailazoak erantzun zuen.

"Nire izena Amelinha da!

"Nire izena Belinha da.

"Pozten naiz zu ezagutzeaz. Gilberto dei diezadakezu! Oinaze nahikoa izan dut bizitza honetan. Horietako bat nire emaztearen banaketa izan zen. Ulertu behar duzu ez dela erraza zure emaztearengandik banantzea 20 urteren ondoren, ¿egia? Nolanahi ere, atsegin dut nire artea betetzea.

"Ume gaixoa! Sentitzen dut! (Amelinha).

"Zer egin dezakegu hori animatzeko? (Belinha).

"Ez dakit nola. Nire emaztea hautsi ondoren, oso arraroa. (Gilberto).

"Hau konpon dezakegu, ezta, arreba? (Belinha).

"Jakina. Gizon ederra zara. (Amelinha)

"Eskerrik asko, neskak. Zoragarria zara. -oihu egin zuen Gilbertek-.

Besterik espero gabe, makila zuri, altu, indartsu eta begi ilunak biluztu egin ziren, eta damek haren etsenpluari jarraitu zioten. Biluzik, hirukotea lurrean sartu zen aurreko jokoetan. Emozioen eta hitz-jarioen truke batek baino gehiago, sexuak dibertitu eta animatu egin zituen. Une labur horietan, indar handiago baten zatiak sentitu zituzten, Jainkoaren maitasuna. Maitasunaren bidez, gizaki batek lor zezakeen estasirik handiena lortu zuten.

Ekitaldia amaitu ondoren, jantzi eta agurtu egiten dira. Pauso hori eta iritsi zen ondorioa gizona otso basatia zela izan zen. Inoiz ahaztuko ez duzun pailazo eroa. Jadanik ez dute zirkua aparkatzen uzten. Autora igotzen ari dira, etxerako bidea hasten. Hurrengo egunetan sorpresa gehiago izango zirela agindu zuten.

Bigarren egunsentia inoiz baino ederragoa izan da. Goizean goiz, gure adiskideek atsegin dute eguzkiaren berotasuna eta haizea aurpegietan ibaian ibitzen sentitzea. Kontraste horiek askatasun, gogobetetasun eta alaitasun sentsazio ona eragin zuten haren alderdi fisikoan. Prest zeuden, beste egun bati aurre egiteko.

Hala ere, indarrak kontzentratzen dituzte, altxamenduan burutuz. Hurrengo urratsa suitera joatea da, eta bahia ko estatuan bezala, alderrai egitea. Ez gure auzo maiteak mintzeko, noski. Santu guztien lurra kulturaz, historiaz eta tradizio sekularrez betetako leku ikusgarria da. Bizirik Bahia.

Bainugelan, arropak kentzen dituzte, bakarrik ez zeudelako sentsazio arraroagatik. Nork entzun du bainu horailaren

AHIZPA PERBERTITUA

kondaira? Beldurrezko filmen maratoi baten ondoren, normala zen berarekin arazoak izatea. Atzeko unean, buruaz baietz egiten dute, isilik egon nahian. Bat-batean, bakoitzaren burura dator, bere ibilbide politikoa, bere alde herritarra, alderdi profesionala, erlijiosoa eta itxura sexuala. Ondo sentitzen dira gailu inperfektuak direlako. Ziur zeuden nolakotasunak eta akatsak beren nortasunari gehitzen zitzaizkiola.

Gainera, komunean sartzen dira. Dutxa irekitzean, aurreko gaueko beroaren ondorioz, ur beroa izerditan dauden gorputzetan zehar isurtzen uzten dute. Likidoak katalizatzaile gisa balio du, gauza triste guztiak xurgatuz. Horixe da, hain zuzen ere, orain behar zutena: mina, trauma, desengainuak, itxaropen berriak aurkitu nahian kezka. Ikasturtea erabakigarria da zentzu horretan. Bizitzaren alderdi guztietan aldaketa zoragarria.

Garbiketa-prozesua landare-esponjak, xaboia, xanpua eta ura erabiliz hasten da. Gaur egun, arrezifeko txartela eta hondartzako abenturak gogoratzera behartzen zaituen plazerik onenetako bat sentitzen dute. Intuitiboko, bere izpiritu basatiak abentura gehiago eskatzen ditu geratzen diren horretan, ahal bezain laster aztertzeko. Bien lanean egindako denbora libreak lagundutako egoera, zerbitzu publikorako dedikaziosari gisa.

20 minutuz, helburuak alde batera utzi zituzten, euren intimitatean une gogoetatsu bat bizitzeko. Jarduera honen amaieran, bainugelatik irteten dira, eskuoihalarekin bustitako gorputza garbitzen dute, arropa eta zapata garbiak erabiltzen dituzte, suitzar perfumea erabiltzen dute, Alemaniatik inportatutako makillajea eguzkitako betaurrekoekin eta benetako

tiara politak. Guztiz prest, koparantz mugitzen dira, beren poltsak tiran dituztela, eta pozik agurtzen dira Jainko onari eskerrak ematearekin.

Elkarlanean, inbidiazko gosaria prestatzen dute: oilasko saltsan kuskuak, barazkiak, frutak, kafe krema eta gailetak. Zati berdinetan, janaria zatitu egiten da. Isiltasun uneak eta hitz-truke laburrak txandakatzen dituzte, heziak izan zirelako. Gosaria bukatuta, ez ihesbiderik nahi zutena baino gehiago.

"Zer iradokitzen duzu, Belinha? Aspertuta nago!

"Ideia argia daukat. Gogoan al duzu literatura jaialdian ezagutu genuen pertsona hori?

"Gogoan dut. Idazlea zen, eta bere izena Jainkoa zen.

"Zenbakia daukat. Zer moduz harremanetan jartzen bagara? Non bizi den jakin nahi nuke.

"Nik ere bai. Ideia handia. Egin ezazu. Izugarri gustatuko zait.

"Ondo da!

Belinha poltsa ireki, telefonoa hartu eta markatzen hasi zen. Une batzuetan, norbaitek lerroari erantzuten dio eta elkarrizketa hasten da.

"Kaixo.

"Kaixo, jainkotiz. Oso ondo?

"Ondo da, Belinha. Zelan?

"Ondo egiten ari gara. Begira, gonbidapen horrek indarrean jarraitzen du? Nire arrebari eta niri ikuskizun berezia izatea gustatuko litzaiguke gaur gauean.

"Noski baietz. Ez zara damutuko. Hemen mendilerroak ditugu, natura ugaria, aire freskoa konpainia handitik haratago. Ni ere gaur prest nago.

"Bai zoragarria. Beno, itxaron iezaguzu herriaren sarreran. 30 minutu baino gehiagotan gaude han.

"Ondo. Gero arte!

"Gero arte!

Deia amaitzen da. Irribarrez, Belinha ahizparekin hitz egitera itzuliko da.

"Berak baietz esan zuen. Goazen?

"Goazen. Zeren zain gaude?

Biak kopatik etxearen irteeraraino desfilatzen ari dira, atea giltza batekin itxiz. Gero garajera joaten dira. Familia-auto ofiziala gidatzen dute, eta euren arazoak atzean uzten dituzte, munduko lurrik garrantzitsuenean ezusteko eta emozio berrien zain. Hirian zehar, soinu biziz, beren buruarentzat itxaropen txikiari eutsi zion. Merezi izan zuen une hartan dena, harik eta betiko zoriontsu izateko aukeraz pentsatu nuen arte.

Denbora gutxirekin, BR 232 errepidearen eskuinaldea hartzen dute. Orduan, lorpen eta zionerako ikastaroaren ibilbidea hasten da. Abiadura moderatuarekin, pistaren ertzetako mendi-paisaiaz gozatu ahal izango dute. Giro ezaguna zen arren, pasarte bakoitza berritasun bat baino gehiago zen han. Ni estalia zen.

Lekuak, etxaldeak, herriak, hodei urdinak, errautsak eta arrosak, aire lehorra eta tenperatura beroa igaroz doaz. Programatutako denboran, Brasilgo sarrerako bukolikoenera iristen ari dira. Koronelak, psikikoa, Sortzez Garbia, eta gaitasun intelektual handiko pertsonak.

Barrutiko sarreran gelditu zirenean, zure lagun maitearen zain zeuden betiko irribarre berberaz. Seinale ona abenturak bilatzen zituztenentzat. Kotxetik irtetean, lankide noblearen bila joaten dira, eta besarkada batez hartzen dituzte, hirukoitz bihurtuz. Une hau ez da bukatzen ari. Errepikatu egiten dira, lehen inpresioak aldatzen hasi dira.

"Zer moduz, Jainkoa? -galdetu zuen Belinha.

"Beno, zer moduz zaude? Psikikoa zegokion.

"Handia! (Belinha).

"Inoiz baino hobeto", esan zuen Amelinha.

"Ideia handia daukat. Zer moduz Ororubá mendira igotzen bagara? Duela zortzi urte hasi nuen nire ibilbidea literaturan.

"Ederra! Ohorea izango da! (Amelinha).

"Niretzat ere bai! Natura gustatzen zait. (Belinha).

"Orduan, goazen orain. (Aldivan).

Jarraitzeko sinatuz, bi ahizpen lagun misteriotsua erdialdeko kaleetatik aurrera joan zen. Behean eskuinetara, leku pribatu batean sartu eta ehun bat metro ibiltzeak mendilerroaren hondoan jartzen ditu. Geldialdi azkarra egiten dute, atseden hartu eta hidratatzeko aukera izan dezaten. Nolakoa izan zen mendia eskalatzea abentura horien guztien ondoren? Sentimendua bakea, bildu agintza, zalantza eta zalantza zen. Patuak zergapetutako erronka guztiak lehen aldiz izan balira bezala zen. Bat-batean, lagunek irribarre batekin aurre egiten diote idazle handiari.

"Nola hasi zen dena? Zer esan nahi du horrek zuretzat? (Belinha).

"2009an, nire bizitza monotonian biraka ari nintzen. Bizirik iraun ninduena munduan sentitzen nuena adierazteko borondatea izan zen. Orduan entzun nuen mendi honi buruz eta bere koba zoragarriaren botereez hitz egiten. Irtenbiderik gabe, neure ametsaren izenean arriskatzea erabaki nuen. Maleta egin nuen, mendia igo, hiru erronka egin nituen, etsipenaren haitzuloan sartu ziren, munduko haitzulorik hilgarriena eta arriskutsuena. Bere barruan, erronka handiak gainditu ditut kamerara iristeko. Miraria gertatu zen estasi-une hartan gertatu zen, psikiko bihurtu nintzen, izaki orojakilea bere ikuspegien bidez. Orain arte, beste hogei abentura izan dira, eta ez naiz hain azkar atxilotuko. Irakurleei esker, pixkanaka-pixkanaka, mundua konkistatzeko helburua lortzen ari naiz.

"Emoziona Garria. Zure jarraitzailea naiz. (Amelinha).

"Hunkigarria. Badakit nola sentitu behar duzun lan hau berriro egitean. (Belinha).

"Bikaina. Gauza onen nahasketa bat sentitzen dut, arrakasta, fedea, atzapar eta baikortasuna barne. Horrek energia ona ematen dit, esan zuen psikikoak.

"Ondo da. Zer aholku ematen digu?

"Gure ikuspuntuari eutsiko diogu. Prest al zaudete zeuen kabuz hobeto aurkitzeko? (maisua).

"Bai. Biekin ados egon ziren.

"Orduan, jarraitu.

Hirukoteak berriro ekin dio enpresari. Eguzkia berotzen ari da, haizeak apur bat indartsu jotzen du, txoriek hegan eta kantatzen dute, harriak eta arantzak mugitzen ari direla ematen du, lurra dardarka hasten da eta mendietako ahotsak antzezten hasten dira. Hauxe da mendilerroaren igoeran dagoen giroa.

Eskarmentu handiarekin, kobako gizonak emakumeei laguntzen die denbora guztian. Horrela jokatuz, elkartasuna eta lankidetza bezalako praktika garrantzitsuak antolatu zituen. Trukean, giza berotasuna eta dedikazio ezberdina utzi zizkioten. Hirukote gaindiezina, geldiezina eta trabagarria zela esan genezake.

Pixkanaka-pixkanaka, zorionaren mailak igotzen ari dira pausoz pauso. Lorpen handia izan arren, bilaketan nekaezinak izaten jarraitzen dute. Sekula batean, ibilaldiaren erritmoa pixka bat moteltzen dute, baina etengabe mantentzen dute. Esaera zaharrak dioen bezala, poliki-poliki asko urruntzen da. Ziurtasun horrek denbora guztian laguntzen die, pazienteen espektro espirituala, arreta, tolerantzia eta gainditzea sortuz. Elementu horiekin, edozein zoritxarrez gainditzeko fedea zuten.

Hurrengo puntua, harri sakratua, ikastaroaren heren bat amaitzen da. Atsedenaldi labur bat, eta hurrengo urratsak otoitz egiteko, eskertzeko, hausnartzeko eta planifikatzeko gozatzen dute. Neurri egokian, beren itxaropenak, beldurrak, oinazea, tortura eta tristura asetzea bilatzen zuten. Fedea edukitzeagatik, bake ezabaezin batek betetzen ditu bihotzak.

Bidaiaren berrabiaraztearekin, ziurgabetasunarekin, zalantzarekin eta ustekabekoaren indarrarekin berriro ekingo diote. Beldurtu ahal izan arren, Ziur zeuden Jainkoaren aurrean eta barruko kimu txikian egongo zela. Ezerk eta inork ezingo lieke kalterik egin, Jainkoak ez liokeelako utzi. Babes horretaz ohartu ziren bizitzako une zail bakoitzean, non beste batzuek abandonatu egin zituzten. Jainkoa da, bai, gure lagun leial bakarra.

Gainera, bide erdian daude. Igoerak dedikazio eta sintonia gehiagorekin gidatzen jarraitzen du. Eskalatzaile arruntekin gertatzen denaren kontra, erritmoak motibazioari,

AHIZPA PERBERTITUA

borondateari laguntzen dio. Kirolariak ez ziren arren, bere errendimendua nabarmendu behar zen, gazte osasuntsu eta konprometituak zirelako.

Ibilbidearen hiru laurdenak osatu ondoren, itxaropena maila jasanezinetara iristen da. Zenbat denbora itxaron beharko zuten? Presio une honetan, egin zitekeen gauzarik onena jakin-minaren bulkada kontrolatzen saiatzea zen. Kontu handiz ibili behar izan da orain kontrako indarren jardunarengatik.

Denbora pixka bat gehiagorekin, azkenean amaitzen dute ibilbidea. Eguzkiak diz-diz egiten du, Jainkoaren argiak argitzen ditu eta bidezidor batetik irteten da, zaindaria eta bere seme Renato. Dena erabat berpiztu zen txiki xarmant horien bihotzean. Hain gogor lan egiteagatik merezi zuten grazia hori. Psikikoaren hurrengo urratsa bere ongileekin besarkada handi batekin topo egitea da. Bere lankideek atzetik jarraitzen diote eta besarkada ematen diote.

"Zein ona zu ikustea, Jainkoaren semea! Ez zaitut luzaroan ikusi! Nire ama-instintuak zure hurbilketaz ohartarazi ninduen-esan zuen etxekoandreak-.

"Pozten naiz! Nire lehen abentura gogoratuko banu bezala da. Hainbeste emozio zeuden. Mendiak, erronkek, kobak eta denboran zehar egindako bidaiak markatu dute nire historia. Hona itzultzeak oroitzapen onak ekartzen dizkit. Orain, bi gerlari adiskidetsu ekarri ditut nirekin. Sakratuarekin topo egin behar zuten.

"Nola dute izena, andreak? galdetu zuen mendiko zaindariak.

"Nire izena Belinha da eta kontrolatzailea naiz.

"Nire izena Amelinha da eta maisua naiz. Arcoverde-n bizi gara.

"Ongi etorri, andreak. (Mendizaina).

"Eskertuta gaude! Bi bisitariek malkoak begietatik korrika esan zituzten.

"Adiskide berriak ere gustatzen zaizkit. Nire maisuaren ondoan egoteak plazer berezia ematen dit deskribaezin haien artean. Hori nola ulertu dakiten pertsona bakarrak gu biok gara. Ez al da hala, gazte? (Renato).

"Inoiz ez zara aldatzen, Renato! Zure hitzek ez dute preziorik. Nire eromen guztiarekin, hura aurkitzea izan zen nire patuaren gauza onetako bat.

Nire lagunak eta anaiak psikikoari erantzun zioten, hitzak kalkulatu gabe. Berez irten ziren, elikatzen zuen benetako sentimenduagatik.

"Neurri berean gaude. Horregatik gure historia arrakastatsua da, esan zuen gazteak.

"Zein atsegina den istorio honetan egotea. Ez zekien zein berezia zen mendia bere ibilbidean, idazle laztana, esan zuen Amelinha.

"Benetan miresgarria da, arreba. Gainera, zure lagunak benetan atseginak dira. Benetako fikzioa bizitzen ari gara, eta hori da dagoen gauzarik zoragarriena. (Belinha).

"Eskertzen dugu konplimendua. Hala ere, eskaladan erabilitako ahaleginarekin nekatuta egon behar duzu. Zer moduz etxera joaten bagaira? Beti izaten dugu zerbait eskaintzeko. (Andrea).

"Aukera aprobetxatu dugu gure elkarrizketekin egunean jartzeko. Harrigarria da Renato.

"Bikaina dela uste dut. Damei dagokienez, zer diozu?
"Poztuko naiz. (Belinha).
"Egingo dugu!
"Orduan goazen! Masterra osatu du.

Boskotea irudi fantastiko horrek emandako ordenan ibiltzen hasten da. Berehala, kolpe hotz bat klaseko eskeleto nekatuetan zehar. Nor zen emakume hori eta zer ahalmen zituen? Hainbeste une elkarrekin egon arren, misterioa itxita geratu zen, zazpi blokeatzeko ate bat bezala. Ez zuten inoiz jakingo, mendiaren sekretuaren parte zelako. Aldi berean, bihotzak lainoan geratu zitzaizkion. Amodioa emateaz nekatuta zeuden, eta ez jaso, barkatu eta desengainua hartu. Nolanahi ere, edo bizitzaren errealitatera ohitzen ziren edo asko sufritzen zuten. Beraz, aholku batzuk behar zituzten.

Pausoz pauso, oztopoak gaindituko dituzte. Berehala, oihu kezkakora bat entzuten dute. Begirada batez, buruzagiak lasaitu egiten ditu. Hori zen hierarkiaren zentzua, indartsuenak eta eskarmentatuenak babesten zituzten bitartean, zerbitzariak dedikazioz, jakitez eta adiskidetasunez itzultzen ziren. Bi zentzuko kalea zen.

Tamalez, ibilaldia adeitasun handiz eta adeitasunez maneiatuko dute. Zer ideia gertatu zen Belinha burutik? Zuhaixkaren erdian zeuden, animalia desatseginek leherdurak, eta min eman ziezaieketek. Horretaz gain, arantzak eta harri zorrotzak zeuden oinetan. Egoera bakoitzak bere ikuspuntua duenez, han egotea zen zure burua eta zure nahiak ulertzeko aukera bakarra, bisitarien bizitzan defizitarioa dena. Laster, merezi izan zuen abenturak.

Bide erdian, geldialdia egingo dute. Handik hurbil, baratze

bat zegoen. Zerura doaz. Ipuin biblikoari erreferentzia eginez, erabat aske eta naturari integratuta sentitzen ziren. Haurrak bezala, zuhaitzetara igotzera jolasten dute, frutak hartu, jaitsi eta jaten dituzte. Gero gogoeta egiten dute. Bizitza momentuz egin bezain laster ikasi zuten. Triste edo zoriontsu egon arren, ona da bizirik gauden bitartean gozatzea.

Atzeko unean, bainu freskagarri bat hartzen dute erantsitako lakuan. Horrek oroitzapen onak sortzen ditu behingoz, bere bizitzako esperientziarik nabarmenenenak. Zein polita zen umea izatea! Zein zaila izan zen haztea eta helduaroari aurre egitea. Gezurrarekin, gezurrarekin eta pertsonen moraltasun faltsuarekin bizi da.

Aurrera jarraituz, helmugara hurbiltzen ari dira. Eskuinean, bidezidoren, txabola sinplea ikus daiteke. Hori zen mendiko pertsonarik zoragarrien eta misteriotsuenen santutegia. Zoragarriak izan ziren, eta horrek erakusten du pertsona baten balioa ez dagoela daukan horretan. Arimaren noblezia izaeran, karitatean eta sail-jarreretan. Orduan, esaera zaharrak dio: plazan lagun bat banku batean utzitako dirua baino hobea da.

Pauso batzuk aurrerantz, kabinaren sarreraren aurrean geratu dira. Zure barne-galderen erantzunik jasoko al dute? Denborak bakarrik erantzun ziezaiokeen galdera honi eta beste batzuei. Garrantzitsuena zera zen, han zeudela, dena dela, eta etortzeko.

Anfitrioiaren papera hartuz, zaindariak atea irekitzen du, beste guztiei etxe barrura sartuz. Kubo hutsean sartzen dira, dena zabal-zabal begira. Apaindura, objektu, altzari eta misterio-giroak irudikatzen duten lekuaren fintasunarekin txundituta daude. Kontraesankorra, jauregi askotan baino aberastasun eta kultura-aniztasuna handiagoa zegoen. Beraz, zoriontsu eta osorik senti gaitezke, baita giro apaletan ere.

Banan-banan, eskuragarri dauden tokietan jarriko da, Renato sukaldera joango baita bazkaria prestatzera. Hasierako lotsa-giroa hautsi egiten da.

"Hobeto ezagutu nahi nituzke, neskak.

" Arcoverde Cityko bi neska gara. Profesionalki zoriontsuak gara, baina maitasunean galtzaileak. Nire bikotekide ohiak traizioa egin zidanetik, zapuztuta sentitu naiz, aitortu zuen Belinha.

"Orduan erabaki genuen gizonez mendekatzeko. Itun bat egin genuen haiek erakartzeko eta objektu gisa erabiltzeko. Ez dugu sekula berriro sufrituko, esan zuen Amelinha.

"Nire babes osoa ematen diet. Jendetzaren artean ezagutu nituen, eta orain hona bisitatzeko aukera iritsi da. (Jainkoaren semea)

"Interesgarria. Hau dezepzioen sufrimenduarekiko berezko erreakzioa da. Hala ere, ez da jarraitu beharreko modurik onena. Pertsona baten jarreragatik espezie oso bat epaitzea akats argia da. Bakoitzak bere indibidualtasuna du. Zure aurpegi sakratu eta lotsagabe honek gatazka eta plazer gehiago sor ditzake. Zure esku istorio honen puntu zuzena aurkitzea. Zure lagunak egin zuen bezala lagundu eta mendiaren espiritu sakratuaren historia aztertu honen osagarri bihur naiteke.

"Utziko dut. Santutegi honetan aurkitu nahi dut. (Amelinha).

"Nik ere zure adiskidetasuna onartzen dut. Nork zekien telenobela fantastiko batean egongo zela? Kobazuloaren eta mendiaren mitoa horrela dela dirudi orain. Desio bat eska al dezaket? (Belinha).

"Jakina, laztana.

"Erakunde menditsuek ameslari apalen eskaerak entzun ditzakete, niri gertatu zaidan bezala. Fede izan! (Jainkoaren semea).

"Hain sinesgogor nago. Baina esaten baduzu, saiatuko naiz. Ondorio arrakastatsua eskatzen dut guretzat. Zietako bakoitza bizitzako arlo nagusietan errealitate bihur dadila.

"Emango dut! Ahots sakon bat entzuten da gelaren erdian.

Bi putak lurrera salto egin dute. Bitartean, besteek barre eta negar egiten zuten bien erreakzioaren aurrean. Hori patuaren ekintza bat izan da. Zelako ustekabea. Ez zegoen inor menditontorrean gertatzen ari zena iragar zezakeenik. Indiar ospetsu bat eszenan hil zenez geroztik, errealitate-sentsazioak lekua utzi zuen naturaz gaindiko, misteriotsurako eta ezohikorako.

"Zer arraio izan zen trumoi hori? Orain arte dardarka ari naiz-aitortu zuen Amelinha-.

"Ahotsak esaten zuena entzun nuen. Berak nire nahia berretsi zuen. Ametsetan ari al naiz? -galdetu zuen Belinha.

"Mirariak gertatzen dira! Denborarekin, jakingo duzu zer esan nahi duen honek, esan zuen maisuak.

"Mendian sinesten dut, eta zuk ere sinetsi behar duzu. Zure mirariaren bidez, hemen nago neure erabakiez konbentziturik eta seguru. Behin huts egiten badugu, berriro has gaitezke. Beti bizidunentzako itxaropenik, esan zuen psikikoaren tramanak, sabaian seinale bat erakutsiz.

"Argi bat. Zer esanahi du horrek? (Belinha).

"Hain da ederra eta distiratsua. (Amelinha).

AHIZPA PERBERTITUA

"Gure betiko adiskidetasunaren argia da. Fisikoki desagertzen bada ere, gure bihotzetan bere horretan jarraituko du. (Zaindaria)

"Denok gara arinak, baina modu bikainetan. Gure patua zoriona da. (Psikikoa).

Hor sartzen da Renato eta proposamen bat egiten du.

"Irteteko ordua da eta lagun batzuk aurkituko ditugu. Diberti menduaren unea iritsi da.

"Etortzea espero dut. (Belinha)

"Zeren zain gaude? Bada garaia. (GRITA)

Laukoteak basora ateratzen du. Pausoen erritmoa azkarra da, eta horrek pertsonaien barneko larritasun bat erakusten du. Mimosoko landa-inguruneak naturaren ikuskizun bat lagundu zuen. Zer erronka izango zenituzke? Arriskutsuak izango ote lirateke animalia basatiak? Mendiko mitoek edozein unetan eraso zezaketen, eta hori nahiko arriskutsua zen. Baina adorea denek han zeramaten ezaugarria zen. Ezerk ez du bere zoriona geldiaraziko.

Iritsi da unea. Aktiboen taldean, gizon beltz bat, Renato, eta ilehori bat zeuden. Talde pasiboan Jainkotiarra, Belinha eta Amelinha zeuden. Talde osatuarekin, dibertsioa zelaiko basoetako berde grisaren artean hasten da.

Mutil beltza Jainkotiarra ateratzen da. Renato Amelinha aterako da eta gizon ilehoria Belinha ateratzen da. Talde-sexua seien arteko energia-trukearekin hasten da. Denak batentzat ziren. Sexuaren eta plazeraren eta denen ohikoa zen. Posizioz aldatuz, bakoitzak sentsazio paregabeak esperimentatzen ditu. Anal sexua, baginako sexua, ahozko sexua, sexua taldean, beste sexu-modalitate batzuen artean, probatzen dituzte. Horrek frogatzen du maitasuna ez dela bekatua. Giza eboluziorako funtsezko energia-trukea da. Errurik gabe, bikotea azkar trukatzen dute, eta horrek orgasmo anitzak ematen ditu. Taldea inplikatzen duen estasi nahasketa da. Orduak pasatzen dituzte sexu-harremanak izaten, nekatuta dauden arte.

Dena osatu ondoren, hasierako posizioetara itzultzen dira. Mendian oraindik asko zegoen aurkitzeko.

Tourra Pesqueira hirian

Astelehen goizean inoiz baino ederragoa. Goizean goiz, gure adiskideek eguzkiaren berotasuna eta brisa aurpegietan Pozik daude belar gainean ibiltzen ari direla sentituz. Kontraste horiek askatasun, gogobetetasun eta alaitasun sentsazio ona eragin zuten haren alderdi fisikoan. Prest zeuden, beste egun bati aurre egiteko.

Ongi pentsatuz, beren indarrak altxamenduan kontzentratzen dituzte. Hurrengo urratsa suiteetara joatea da, eta oso alderrai egitea, badia-egoerakoak balira bezala. Ez gure auzo maiteak mintzeko, noski. Santu guztien lurra kulturaz, historiaz eta tradizio sekularrez betetako leku ikusgarria da. Gora Bahia!

Bainugelan, arropak kentzen dituzte, bakarrik ez zeudelako sentsazio arraroagatik. Nork entzun du bainu horailaren kondaira? Beldurrezko filmen maratoi baten ondoren, normala zen berarekin arazoak izatea. Atzeko unean, buruaz baietz egiten dute , isilik egon nahian. Bat-batean, bakoitzaren buru dator bere ibilbide politikoa, bere alde herritarra, alderdi profesionala, erlijiosoa eta itxura sexuala. Ondo sentitzen dira

AHIZPA PERBERTITUA

gailu inperfektuak direlako. Ziur zeuden nolakotasunak eta akatsak beren nortasunari gehitzen zitzaizkiola.

Bainugelan sartzen dira. Dutxa irekitzean, aurreko gaueko beroaren ondorioz, ur beroa izerditan dauden gorputzetan zehar isurtzen uzten dute. Likidoak katalizatzaile gisa balio du, gauza triste guztiak xurgatuz. Horixe da orain behar zutena: mina, trauma, desengainuak, kezka, itxaropen berriak aurkitu nahian. Urtea erabakigarria izan da horretan. Bizitzaren alderdi guztietan aldaketa zoragarria.

Garbiketa-prozesua gorputzeko haizetako-garbigailuak, xaboia, xanpua uretatik haratago erabiltzearekin hasten da. Gaur egun, hondartzako abenturak eta arrezifea gogoratzera behartzen dituen plazerik onenetako bat sentitzen dute. Intuitiboko, bere izpiritu basatiak abentura gehiago eskatzen ditu geratzen diren horretan, ahal bezain laster aztertzeko. Bien lanean egindako denbora libreak lagundutako egoera, zerbitzu publikorako dedikazio-sari gisa.

20 minutuz, helburuak alde batera utzi zituzten, euren intimitatean une gogoetatsu bat bizitzeko. Jarduera honen amaieran, bainugelatik irteten dira, eskuoihalarekin bustitako gorputza garbitzen dute, arropa eta zapata garbiak erabiltzen dituzte, suitzar perfumea erabiltzen dute, Alemaniatik inportatutako makillajea eguzkitako betaurrekoekin eta benetako tiara politak. Guztiz prest, koparantz mugitzen dira, beren poltsak tiran dituztela, eta pozik agurtzen dira Jainko onari eskerrak ematearekin.

Elkarlanean, inbidia gosaria, oilasko saltsa, barazkiak, frutak, kafe krema eta gailetak prestatzen dituzte. Zati berdinetan, janaria zatitu egiten da. Isiltasun uneak eta hitz-truke laburrak txandakatzen dituzte, heziak izan zirelako. Gosaria bukatuta, ez nahi zutenetik ihesbiderik.

"Zer iradokitzen duzu, Belinha? Aspertuta nago!

"Ideia argia daukat. Gogoratzen al duzu jendetzaren artean aurkitzen dugun tipo hori?

"Gogoan dut. Idazlea zen, eta bere izena Jainkoa zen.

"Telefono zenbakia daukat. Zer moduz harremanetan jartzen bagara? Non bizi den jakin nahi nuke.

"Nik ere bai. Ideia handia. Egin ezazu. Izugarri gustatuko litzaidake.

"Ondo da!

Belinha poltsa ireki, telefonoa hartu eta markatzen hasi zen. Une batzuetan, norbaitek lerroari erantzuten dio eta elkarrizketa hasten da.

"Kaixo.

- Kaixo, Jainkoa, zer moduz zaude?

"Ondo da, Belinha. Zelan?

"Ondo egiten ari gara. Begira, gonbidapen horrek indarrean jarraitzen du? Nire arrebari eta niri ikuskizun berezia izatea gustatuko litzaiguke gaur gauean.

"Noski baietz. Ez zara damutuko. Hemen mendilerroak ditugu, natura ugaria, aire freskoa konpainia handitik haratago. Ni ere gaur prest nago.

"Bai zoragarria! Gero itxaron iezaguzu herriaren sarreran. 30 minutu baino gehiagotan gaude han.

"Ondo da! Orduan, ordura arte!

"Gero arte!

Deia amaitzen da. Irribarrez, Belinha ahizparekin hitz egitera itzuliko da.

"Berak baietz esan zuen. Joango al gara?

"Goazen! Zeren zain gaude?

Biak kopatik etxearen irteeraraino desfilatzen ari dira, atea giltza batekin itxiz. Gero garajera joan. Familia-auto ofiziala pilotatzen, bere arazoak atzean utzita, munduko lurrik garrantzitsuenean ezusteko eta emozio berrien zain. Hirian zehar, soinu biziz, beren buruarentzat itxaropen txikiari eutsi zion. Merezi izan zuen une hartan dena, harik eta betiko zoriontsu izateko aukeraz pentsatu nuen arte.

Denbora gutxirekin, BR 232 errepidearen eskuinaldea hartzen dute. Orduan, lorpen eta zioneran ikastaroaren ibilbidea hasten da. Abiadura moderatuarekin, pistaren ertzetako mendi-paisaiaz gozatu ahal izango dute. Giro ezaguna zen arren, pasarte bakoitza berritasun bat baino gehiago zen han. Ni estalia zen.

Lekuak, etxaldeak, herriak, hodei urdinak, errautsak eta arrosak, aire lehorra eta tenperatura beroa igaroz doaz. Programatutako denboran, Pernambuco estatuko sarrerako bukolikoenera iristen ari dira. Koronelak, psikikoa, Sortzez Garbia, eta gaitasun intelektual handiko pertsonak.

Barrutiko sarreran geratu zinenean, zure lagun maitearen zain zeunden betiko irribarre berberaz. Seinale ona abenturak bilatzen zituztenentzat. Zoaz kotxetik, zoaz lankide noblea ezagutzera, besarkada batez hirukote bihurtuz hartzen dituelarik. Une hau ez da bukatzen ari. Errepikatu egiten dira, lehen inpresioak aldatzen hasi dira.

"Zer moduz, Jainkoa? (Belinha)

"Beno, zer zutaz? (Psikikoa)

"Handia! (Belinha)

"Inoiz baino hobeto" (Amelinha)

"Ideia handia daukat, zer moduz Ororubá mendira igotzen bagara? Duela zortzi urte hasi nuen nire ibilbidea literaturan.

"Ederra! Ohorea izango da! (Amelinha)

"Niretzat ere bai! Izugarri gustatzen zait natura! (Belinha)

"Orduan, goazen orain! (Aldivan)

Hori lortzeko sinatuz, bi ahizpen lagun misteriotsua hiriaren erdialdeko kaleetatik ibili zen. Behean eskuinetara, leku pribatu batean sartu eta ehun bat metro ibiltzeak mendilerroaren hondoan jartzen ditu. Geldialdi azkarra egiten dute atseden hartzeko eta hidratatzeko. Nolakoa izan zen mendia eskalatzea abentura horien guztien ondoren? Sentimendua bakea, bildu agintza, zalantza eta zalantza zen. Patuak zergapetutako erronka guztiak lehen aldiz izan balira bezala zen. Bat-batean, lagunek irribarre batekin aurre egiten diote idazle handiari.

"Nola hasi zen dena? Zer esan nahi du horrek zuretzat? (Belinha)

"2009an, nire bizitza monotonian biraka ari nintzen. Bizirik iraun ninduena munduan sentitzen nuena adierazteko borondatea izan zen. Orduan entzun nuen mendi honi buruz eta bere koba zoragarriaren botereez hitz egiten. Irtenbiderik gabe, neure ametsaren izenean arriskatzea erabaki nuen. Maleta egin nuen, mendira igo, hiru erronka egin nituen etsipenaren haitzuloan sartzeko, munduko haitzulorik hilgarriena eta arriskutsuena. Bere barruan, erronka handiak gainditu ditut kamerara iristeko. Miraria gertatu zen estasiune hartan gertatu zen, psikiko bihurtu nintzen, izaki orojakilea bere ikuspegien bidez. Orain arte, beste hogei abentura

AHIZPA PERBERTITUA

izan dira, eta ez dut hain azkar gelditzeko asmorik. Irakurleen laguntzarekin, pixkanaka-pixkanaka, mundua konkistatzeko helburua lortzen ari naiz. (Jainkoaren semea)

"Emozioz! Zure jarraitzailea naiz. (Amelinha)

"Badakit nola sentitu behar duzun lan hau berriro egitean. (Belinha)

"Ederki! Gauza onen nahasketa bat sentitzen dut, arrakasta, fedea, atzapar eta baikortasuna barne. Horrek energia ona ematen dit. (Psikikoa)

"Ongi! Zer aholku ematen digu? (Belinha)

"Gure ikuspuntuari eutsiko diogu. Prest al zaudete zeuen kabuz hobeto aurkitzeko? (maisua)

"Bai! Biekin ados egon ziren.

"Orduan, jarraitu!

Hirukoteak berriro ekin dio enpresari. Eguzkia berotzen ari da, haizeak apur bat indartsu jotzen du, txoriek hegan eta kantatzen dute, harriak eta arantzak mugitzen ari direla ematen du, lurra dardarka hasten da eta mendietako ahotsak antzezten hasten dira. Hauxe da mendilerroaren igoeran dagoen giroa.

Eskarmentu handiarekin, kobako gizonak emakumeei laguntzen die denbora guztian. Horrela jokatuz, elkartasuna eta lankidetza bezalako praktika garrantzitsuak antolatu zituen. Trukean, giza berotasuna eta dedikazio ezberdina utzi zizkioten. Hirukote gaindiezina, geldiezina eta trabagarria zela esan genezake.

Pixkanaka-pixkanaka, zorionaren mailak igotzen ari dira pausoz pauso. Dedikazioz eta iraunkortasunez, goiko nagikoa gainditzen dute, bidearen laurdena osatzen dute. Lorpen handia izan arren, bilaketan nekaezinak izaten jarraitzen dute. Zorionak zirelako izan ziren.

Sekula batean, apur bat gutxitu ibiltzearen erritmoa, baina egonkor mantenduz. Esaera zaharrak dioen bezala, poliki-poliki asko urruntzen da. Ziurtasun horrek denbora guztian laguntzen die, pazientzia, arreta, tolerantzia eta gainditze-espektro izpiritual bat sortuz. Elementu horiekin, edozein zoritxarrez gainditzeko fedea zuten.

Hurrengo puntuan, harri sakratuak ikasturtearen heren bat bukatzen du. Atsedenaldi labur bat, eta hurrengo urratsak otoitz egiteko, eskertzeko, hausnartzeko eta planifikatzeko gozatzen dute. Neurri egokian, beren itxaropenak, beldurrak, oinazea, tortura eta tristura asetzea bilatzen zuten . Fedea edukitzeagatik, bake ezabaezin batek betetzen ditu bihotzak.

Bidaiaren berrabiaraztearekin, ziurgabetasunarekin, zalantzarekin eta ustekabekoaren indarrarekin berriro ekingo diote. Beldurtu egin zitzakeen arren, barnealdeko agerraldi txikiaren aurrean egoteko ziur zeuden. Ezerk eta inork ezingo lieke kalterik egin, Jainkoak ez liokeelako utzi. Babes horretaz ohartu ziren bizitzako une zail bakoitzean, non beste batzuek abandonatu egin zituzten. Jainkoa da, izan ere, gure benetako adiskide leial bakarra .

Gainera, bide erdian daude. Igoerak dedikazio eta sintonia gehiagorekin gidatzen jarraitzen du. Eskalatzaile arruntekin gertatzen den bezala, erritmoak motibazioari, borondateari eta entregatu laguntzen dio. Kirolariak ez ziren arren , bere errendimendua nabarmentzekoa zen, gazte osasuntsu eta konprometituak zirelako.

Hirugarren hiruhilekotik aurrera, itxaropena maila

AHIZPA PERBERTITUA

jasanezinetara iristen da. Zenbat denbora itxaron beharko zuten? Presio une honetan, egin zitekeen gauzarik onena jakin-minaren bulkada kontrolatzen saiatzea zen. Kontu handiz ibili behar izan da orain kontrako indarren jardunarengatik.

Denbora pixka bat gehiagorekin, azkenean ikasturtea amaitzen dute. Eguzkiak diz-diz egiten du, Jainkoaren argiak argitzen ditu eta bidezidor batetik irteten da, zaindaria eta bere seme Renato. Dena erabat berpiztu zen txiki xarmant horien bihotzean. Grazia hori laborantza-landareen legearen bidez irabazi da. Psikikoaren hurrengo urratsa bere ongileekin besarkada handi batekin topo egitea da. Bere lankideek atzetik jarraitzen diote eta besarkada ematen diote.

"Zein ona zu ikustea, Jainkoaren semea! Luzaroan ikusi gabe! Nire ama-instintuak zure hurbilketaz ohartu ninduen, antzinako damaz.

Pozten naiz! Nire lehen abentura gogoratuko banu bezala da. Hainbeste emozio zeuden. Mendiak, erronkek, kobak eta denboran zehar egindako bidaiak markatu dute nire historia. Hona itzultzeak oroitzapen onak ekartzen dizkit. Orain, bi gerlari adiskidetsu ekarri ditut nirekin. Sakratuarekin topo egin behar zuten.

"Nola dute izena, andreak? (Zaindaria)

"Nire izena Belinha da eta kontrolatzailea naiz.

"Nire izena Amelinha da eta maisua naiz. Arcoverde-n bizi gara.

"Ongi etorri, andreak. (Zaindaria)

"Eskertuta gaude! Bi bisitariek malkoak begietatik korrika zituztela esan zuten.

"Adiskide berriak ere gustatzen zaizkit. Nire maisuaren

ondoan egoteak plazer berezia ematen dit deskribaezin haien artean. Hori nola ulertu dakiten pertsonak baino ez gara gu biok. Ez al da hala, gazte? (Renato)

"Inoiz ez zara aldatzen, Renato! Zure hitzek ez dute preziorik. Nire eromen guztiarekin, hura aurkitzea izan zen nire patuaren gauza onetako bat. Nire laguna eta anaia. (Psikikoa).

Berez irten ziren, elikatzen zuen benetako sentimenduagatik.

"Berdin gaude. Horregatik gure historia arrakastatsua da", esan zuen gazteak.

"Ona da istorio honen parte izatea. Mendia zein berezia zen ere ez zekien bere ibilbidean, idazle laztana", esan zuen Amelinha.

"Benetan miresgarria da, arreba. Gainera, zure lagunak oso atseginak dira. Fikzio erreala bizitzen ari gara, eta hori da dagoen gauzarik zoragarriena . (Belinha)

"Eskerrak eman nahi dizkiegu. Hala ere, eskaladan erabilitako ahaleginarekin nekatuta egon behar dute. Zer moduz etxera joaten bagaira? Beti izaten dugu zerbait eskaintzeko. (Andrea)

"Elkarrizketekin egunean jartzeko aukera aprobetxatu dugu. Asko harritzen zaitu", aitortu zuen Renato.

"Hori ondo niretzat. Bikaina damei dagokienez, zer esaten didate?

"Poztuko naiz! Belinha baietz esan zuen.

"Bai, goazen", esan zuen Amelinha.

"Orduan, goazen! Maisua amaitu zen.

Boskotea irudi fantastiko horrek emandako ordenan

AHIZPA PERBERTITUA

ibiltzen hasten da. Une honetan, kolpe hotz bat klaseko eskeleto nekatuetan zehar. Nor zen emakume hura, nor zen bera, nor zen boterea? Hainbeste une elkarrekin egon arren, misterioa itxita geratu zen, zazpi blokeatzeko ate bat bezala. Ez zuten inoiz jakingo , mendiaren sekretuaren parte zelako. Aldi berean, bihotzak lainoan geratu zitzaizkion . Amodioa emateaz nekatuta zeuden, eta ez jaso, barkatu eta desengainua hartu. Nolanahi ere, edo bizitzaren errealitatera ohitzen ziren edo asko sufritzen zuten. Beraz, aholku batzuk behar zituzten.

Pausoz pauso, oztopoak gaindituko dituzu. Une batean, oihu kezkakora bat entzuten dute. Begirada batez, buruzagiak lasaitu egiten ditu. Hori zen hierarkiaren zentzua, indartsuenak eta eskarmentatuenak babesten zituzten bitartean, zerbitzariak dedikazioz, jakitez eta adiskidetasunez itzultzen ziren. Bi zentzuko kalea zen.

Tamalez, ibilaldia adeitasun handiz eta adeitasunez maneiatuko dute. Zein zen Belinha burutik pasatako ideia? Zuhaixkaren erdian zeuden, animalia desatseginek leherdurak, eta min eman ziezaieketek. Horretaz gain, arantzak eta harri zorrotzak zeuden oinetan. Egoera bakoitzak bere ikuspuntua duenez, han egotea zen zeure burua eta zure nahiak ulertzeko aukera bakarra, bisitarien bizitzan defizitarioa. Laster, merezi izan zuen abenturak.

Bide erdian, geldialdia egingo dute. Handik hurbil, baratze bat zegoen. Zerura doaz. Bibliako ipuinari erreferentzia eginez, naturari osagarriko aske eta integratuta sentitzen ziren. Haurrak bezala, zuhaitzetara igotzera jolasten dute, frutak hartu, jaitsi eta jaten dituzte. Gero gogoeta egiten dute. Bizitza momentuz egin bezain laster ikasi zuten. Triste edo zoriontsu egon arren, ona da bizirik gauden bitartean gozatzea.

Atzeko unean, bainu freskagarri bat hartzen dute erantsitako lakuan. Horrek oroitzapen onak sortzen ditu behingoz, bere bizitzako esperientziarik nabarmenenenak. Zein polita zen umea izatea! Zein zaila izan zen haztea eta helduaroari aurre egitea. Gezurrarekin, gezurrarekin eta pertsonen moraltasun faltsuarekin bizi da.

Aurrera jarraituz, helmugara hurbiltzen ari dira. Eskuinean, bidezidoren, txabola sinplea ikus daiteke. Hori zen mendiko pertsonarik zoragarrien eta misteriotsuenen santutegia. Sinestezinak izan ziren, eta horrek erakusten du pertsona baten balioa ez dagoela daukan horretan. Arimaren noblezia izaeran, karitate eta sail-jarreretan. Horregatik esaten dute hurrengoa, hobe da lagun batek plazan banku batean utzitako dirua baino.

Pauso batzuk aurrerantz, kabinaren sarreraren aurrean geratu dira. Zure barne-galderen erantzunik jaso al zuten? Denborak bakarrik erantzun ziezaiokeen galdera honi eta beste batzuei. Garrantzitsuena zera zen, han zeudela, dena dela, eta etortzeko.

Anfitrioiaren papera hartuz, zaindariak atea irekitzen du, beste guztiei etxe barrura sartuz. Kubo harropuzkeria bakarrean sartzen dira, dena gailu handian begira. Apaindura, objektu, altzari eta misterio-giroak irudikatzen duten lekuaren fintasunarekin txundituta daude. Jakina, leku horretan jauregi askotan baino aberastasun eta kultura-aniztasuna handiagoa zegoen. Beraz, zoriontsu eta osorik senti gaitezke, baita giro apaletan ere.

AHIZPA PERBERTITUA

Banan-banan, Renato sukaldea izan ezik, bazkaria prestatuko da. Hasierako lotsa-giroa hautsi egiten da.

"Hobeto ezagutu nahi nituzke, neskak. (Zaindaria)

" Arcoverde Cityko bi neska gara. Biak lanbidean finkatu ziren, baina maitasunean galtzaileak. Nire bikotekide ohiak traizioa egin zidanetik, zapuztuta sentitu naiz, aitortu zuen Belinha.

"Orduan erabaki genuen gizonez mendekatzeko. Itun bat egin genuen haiek erakartzeko eta objektu gisa erabiltzeko. Ez dugu sekula berriro sufrituko. (Amelinha)

"Denei babesa emango diet. Jendetzaren artean ezagutu nituen, eta orain hona etorri zitzaizkigun bisitan, eta barruko kimua behartu zuen.

"Interesgarria. Hau erreakzio naturala da jasaten dituzten dezepzioen artean. Hala ere, ez da jarraitu beharreko modurik onena. Pertsona baten jarreragatik espezie oso bat epaitzea akats argia da. Bakoitzak bere indibidualtasuna du. Zure aurpegi sakratu eta lotsagabe honek gatazka eta plazer gehiago sor ditzake. Zure esku istorio honen puntu zuzena aurkitzea. Zure lagunak egin zuen bezala lagundu eta mendiaren espiritu sakratuaren historia aztertu honen osagarri bihur naiteke.

"Utziko dut. Santutegi honetan aurkitu nahi dut. (Amelinha)

"Nik ere zure adiskidetasuna onartzen dut. Nork zekien telenobela fantastiko batean egongo zela? Kobazuloaren eta mendiaren mitoa horrela dela dirudi orain. Desio bat eska al dezaket? (Belinha)

"Jakina, laztana.

"Erakunde menditsuek ameslari apalen eskaerak entzun

ditzakete, niri gertatu zaidan bezala. Fede izan! Jainkoaren semea motibatu du.

"Hain sinesgogor nago. Baina esaten baduzu, saiatuko naiz. Ondorio arrakastatsua eskatzen dut guretzat. Zietako bakoitza bizitzako arlo nagusietan errealitate bihur dadila. (Belinha)

"Emango dizut! Ahots sakon bat entzuten da gelaren erdian".

Bi putak lurrera salto egin dute. Bitartean, besteek barre eta negar egiten zuten bien erreakzioaren aurrean. Hori patuaren ekintza bat izan da. Zelako ustekabea! Ez zegoen inor menditontorrean gertatzen ari zena iragar zezakeenik. Indiar ospetsu bat eszenan hil zenez geroztik, errealitate-sentsazioak lekua utzi zuen naturaz gaindiko, misteriotsurako eta ezohikorako.

"Zer arraio izan zen trumoi hori? Dardarka ari naiz orain arte. (Amelinha)

"Ahotsak esaten zuena entzun nuen. Berak nire nahia berretsi zuen. Ametsetan ari al naiz? (Belinha)

"Mirariak gertatzen dira! Denborarekin, zehatz-mehatz jakingo duzu zer esan nahi duen honek. "Maisuari eman zion plazera".

"Nik mendian sinesten dut, eta zuk ere sinetsi behar duzu. Zure mirariaren bidez, hemen nago neure erabakiez konbentziturik eta seguru. Behin huts egiten badugu, berriro has gaitezke. Beti bizidunentzako itxaropena. "Psikikoaren tramana ziurtatu zuen, sabaian seinale bat erakutsiz".

"Argi bat. Zer esanahi du horrek? negarrez, Belinha.

"Hain da ederra, distiratsua eta hiztuna. (Amelinha)

"Gure betiko adiskidetasunaren argia da. Fisikoki

desagertzen bada ere, gure bihotzetan bere horretan jarraituko du. (Zaindaria)

"Denok gara arinak, baina modu bikainetan. Gure patua zoriona da, psikikoak baieztatzen du.

Hor sartzen da Renato eta proposamen bat egiten du.

"Irteteko ordua da eta lagun batzuk aurkituko ditugu. diberti menduaren unea iritsi da.

"Etortzea espero dut. (Belinha)

"Zeren zain gaude? Bada garaia. (Amelinha)

Laukoteak basora ateratzen du. Pausoen erritmoa azkarra da, eta horrek pertsonaien barneko larritasun bat erakusten du. Mimosoko landa-inguruneak naturaren ikuskizun bat lagundu zuen. Zer erronka izango zenituzke? Arriskutsuak izango ote lirateke animalia basatiak? Mendiko mitoek edozein unetan eraso zezaketen, eta hori nahiko arriskutsua zen. Baina adorea denek han zeramaten ezaugarria zen. Ezerk ez luke bere zoriona atxilotuko.

Iritsi da unea. Aktiboen taldean, gizon beltz bat, Renato, eta ilehori bat zeuden. Talde pasiboan Jainkotiarra, Belinha eta Amelia zeuden. Osatutako taldea; Dibertsioa landa-basoetako berde grisaren artean hasten da.

Mutil beltza Jainkotiarrarekin ateratzen da. Renato Ameliarekin aterako da eta ilehoria Belinha ateratzen da. Talde-sexua seien arteko energia-trukearekin hasten da. Denak batentzat ziren. Sexuaren eta plazeraren eta denen ohikoa zen. Posizioak aldatuz, bakoitzak sentsazio bakarrak esperimentatzen ditu. Anal sexua, baginako sexua, ahozko sexua, sexua taldean, beste sexu-modalitate batzuen artean, probatzen dituzte. Horrek frogatzen du maitasuna ez dela bekatua. Giza eboluziorako funtsezko energia-trukea da. Erru sentimendurik gabe, bikotea trukatzen dute berehala, eta horrek orgasmo anitzak ematen ditu. Taldea inplikatzen duen estasi nahasketa da. Orduak pasatzen dituzte sexu-harremanak izaten, nekatuta dauden arte.

Dena osatu ondoren, hasierako posizioetara itzultzen dira. Mendian oraindik asko zegoen aurkitzeko.

Amaiera

www.ingramcontent.com/pod-product-compliance
Lightning Source LLC
LaVergne TN
LVHW020435080526
838202LV00055B/5192